行家带路自由行

Hungary

玩转地球

匈牙利

多瑙河上的明珠

李加里 主编
陈建欣 徐艺航 撰文

中国旅游出版社

Contents

目录

多瑙河上的明珠 匈牙利

布达佩斯

Budapest

▼布达

　　布达佩斯一直被誉为"东方小巴黎"、"多瑙河明珠"，是旅游的胜地。蓝色的多瑙河穿城而过，河的西岸是布达，依山傍水，王宫耸立；河的东岸是佩斯，地势平坦，与国会大厦隔岸相对。9座风格不同的大桥飞架河上，将布达和佩斯连为一体。河两岸保留了众多千年历史遗迹。1987年多瑙河两岸的布达城堡王宫、链子桥和安德拉什大街一起被联合国教科文组织列入世界文化遗产。历史的辉煌和现代的文明在这里交相辉映，编织出一幅美丽的画卷。

记得在上学的时候，每年的新年，都要看电视里转播的维也纳新年音乐会，也每每为维也纳的繁华和多瑙河的美丽而感叹。

　　然而，来到布达佩斯方才知道，多瑙河最为美丽的一段，原来是在这里。

　　布达佩斯，位于匈牙利中北部多瑙河畔，素有"东欧巴黎"和"多瑙河玫瑰"之称。城市依山傍水，总面积525平方公里，人口193万，占全国总人口的五分之一。全城南北长25公里，东西宽29公里。多瑙河自北向南穿城而过，经过城市长达30公里。河左侧为布达，右侧为佩斯。

　　早在国内的时候，就知道布达佩斯是由布达和佩斯组成的，但到了布达佩斯以后才知道布达本身还分为布达和老布达两部分。

▼布达

▼多瑙河上一级方程式飞艇比赛

也就是说布达佩斯是由佩斯、布达、老布达三部分合并而成。

翻查了资料，老布达既然冠之以"老"，城市的历史自然也就由它开始。早在1世纪，古罗马人就在这里建立过潘诺尼亚省，并在边界上筑造了城堡。其中心城市之一就是阿奎恩库姆——老布达，我们今天依然能够看到当年这座城市的遗址。现在布达佩斯北部靠近多瑙河一带，即是老布达。

1872年12月22日，佩斯、布达、老布达决定合并一处，成为布达佩斯；到19世纪后期布达佩斯成为匈牙利首都；1896年，当匈牙利准备隆重庆祝自己西迁定居一千周年时，布达佩斯已发展成为中欧的现代化大都市；1987年，布达佩斯市中心多瑙河两岸的古老建筑群和多瑙河上的桥梁一起，被联合国教科文组织列入了世界文化遗产。

◀ 布达佩斯街景

七彩**虹**

由于多瑙河穿城而过，桥梁就成为布达佩斯两岸交通往来的重要载体，也是布达佩斯一道靓丽的风景线。布达佩斯的多瑙河段上共有9座桥梁，其中最南边与最北边的两座是铁路桥，其余7座是公路桥，由北向南依次是：阿尔巴德桥、玛尔吉特桥、塞切尼链子桥、伊丽莎白桥、自由桥、裴多菲桥和拉吉玛纽士桥。

沿河一带不但史迹多，传说故事也多。

在匈牙利人统治这里以前，古罗马人曾经在这里的多瑙河上修建过一

▼ 链子桥

座石桥，位置在今天老布达的阿尔巴德桥附近，但很早就因蛮族的入侵而坍塌了。匈牙利人到来后的最初几百年，两岸联系一直靠摆渡，之后，多瑙河上开始出现浮桥。土耳其人入侵时期，除浮桥外又专门造了一只大船来往于两岸，主要用于货运，浮桥只能在春夏秋三季使用，冬季浮冰下来，浮桥就会被冲垮。

一次偶然的事件彻底改变了这种状况。据说有一天，塞切尼伯爵忽然得到父亲病故于维也纳的消息，遂立即出发去参加葬

礼，可是被多瑙河上的浮冰挡住了去路，无论他怎样着急，也不能马上过去，于是这位悲愤的贵族发誓：要在河上建立一座永久性的桥梁。为此这位贵族捐出了整整一年的收入。1859年，经过了10年时间，一座永久性的桥梁矗立在了布达佩斯的多瑙河上。竣工之日，举行了隆重的庆典，为了纪念塞切尼伯爵的贡献，大桥被命名为"塞切尼链子桥"。

9

桥两端各有一对栩栩如生的石狮。围绕着这对石狮，还有一段轶闻：相传在大桥建成之后，人们在欣赏这对精美的石狮之余，突然发现它没有舌头，百兽之王岂能没有舌头！人们从赞不绝口，开始责备雕塑家百密一疏。七嘴八舌的议论传到了雕塑家的耳朵里，他忍受不了冷嘲热讽，羞愧得无地自容，一头跳进了多瑙河。当然，传说毕竟是传说，雕塑家的心胸哪能这样狭窄。1890年时，还有人看到雕塑家依然健在；再说那狮子并非真的没有舌

▼玛尔吉特桥

▼伊丽莎白桥

▼自由桥

头，只是由于太高，人站在下面看不到。但在布达佩斯有这样一种说法，与那没舌头石狮传说有关：女人多好嚼舌。每当看到女人多嘴多舌或自己的老婆说东道西喋喋不休时，男人就会说，再多说就让你像链子桥的狮子一样没舌头。由此还出现了一句歇后语："链子桥的狮子——没舌头。"

随后 1872～1876 年建成的玛尔吉特桥，它由东西两部分组成，随河就势，中间有一个150°的折角，既减小了水流的冲力，造型又很优美，倘有机会从空中鸟瞰，像玛尔吉特岛的一对翅膀。

19世纪末期，又修建了自由桥与伊丽莎白桥，这是一对"夫妻桥"。伊丽莎白桥建于1897～1903年，是布达佩斯多瑙河段上最短的一座桥，桥名取自当时奥匈帝国皇后，即人们熟悉的"茜茜公主"。第二次世界大战中被炸坏，重修后变成现在的样式。自由桥是一座绿色铁桥，除桥墩外全部由钢铁制成，建于1894～1896年，最初是以奥匈帝国皇帝费兰茨·尤若夫的名字命名的，与伊丽莎白桥是"夫妻桥"。

始建于1939年的阿尔巴德桥，是多瑙河上最长的一座桥。主桥身长928米，加两端引桥总长约两公里，并且一桥骑两岛——玛尔吉特岛与老布达岛。由于赶上第二次世界大战，拖到1950年，才全部建成。

裴多菲桥建于1933～1937年，主要用于载重车通行。拉吉玛纽士桥建于1995年。

Budapest

风景这边独好

如果乘船在多瑙河上缓缓行驶，注目观望，布达佩斯市中心多瑙河两岸的古老建筑与桥梁便可一览无余。

最引人注目的首先就是临河坐落在布达一边城堡山上的王宫和玛迦什教堂及渔人堡。

▼王宫夜景

王宫

王宫是一组宏伟的新巴洛克式建筑群，由宫殿、城堡和御花园三部分组成。宫殿部分坐西向东，朝北开有两个大门，西面装饰简单的大铁栅栏门，俗称"乞丐门"，供车辆出入，门内是胡尼奥迪院，过去曾是小市场；东面较小的门是昔日达

▼王宫主楼前萨沃约依·耶诺
公爵雕像

官显贵出入王宫的主要入口，建有雕饰精美的石制巴洛克式门楼。门前有通向河岸边的上下缆车，早在1870年就已建成；门内就是王宫主楼，是过去国王办公的主要场所，现在是匈牙利民族画廊，珍藏着匈牙利各个历史时期的绘画和雕塑精品；主楼后面就是胡尼奥迪院，院内靠北侧与主楼相连的一组翼楼，现在是匈牙利现代史博物馆和路德维希艺术展览馆；靠南侧与"乞丐门"相对的是狮子门，两尊石狮雄踞门旁，门顶上有大匈牙利国徽，门内称"狮子院"，是王宫内院，现在是国立塞切尼图书馆；狮子院东南有一组带天井的方形楼群，为王宫最南的宫殿，现在是布达佩斯历史博物馆，又称城堡博物馆。

豪华的宫殿院内，有几组雕塑格外引人注目。主楼前正中高大的精美石座上，昂然挺立着一尊青铜制骑马塑像，这是1686年指挥解放布达和佩斯的十字军联军司令萨沃约依·耶诺公爵像。主楼后面胡尼奥迪院内的玛迦什狩猎像是王宫内最精美的一组青铜雕塑。雕塑以一面宫墙为依托塑有表情各异的五个人物，还有猎狗和猎物，身着猎装的玛迦什国王立于顶上，左手叉腰，右手持弓，满怀自信，下面的人物中有他的宠臣塞普·伊洛伽。关于他们两人的传奇，在匈牙利老幼皆知，胡尼奥迪院就是以玛迦什国王的姓氏命名的。玛迦什狩猎像前主楼的正后方，有一组牧马塑像，这是1899年由沃什道格·久尔基根据匈牙利东部霍尔托巴基草原上的牧马形象塑造的，富有浓郁的生活气息。华丽的巴洛克式北门内，还有一只展翅飞翔的雄鹰造型，那是匈牙利的神鸟"图鲁尔"，是1896年为纪念匈牙利人迁居此地一千周年而雕塑的。传说当年的匈牙利人能来到这里，就是"图鲁尔"在前边飞翔带路的。

▼王冠

布达王宫建筑严谨，气势恢弘，1903 年建成时，曾拥有宫室 860 间，是欧洲建造最晚、最壮丽的新巴洛克式王宫，也是今天布达佩斯的重要标志和最重要的观光点。

玛迦什教堂和渔人堡

根据文献记载，玛迦什教堂始建于 1255～1269 年（一说始建于 1245 年），一直称做"圣母玛利亚教堂"，后来则称为玛迦什教堂。教堂用雕石砌成哥特式风格，三个厅堂，规模和现在差不多。这一教堂后来成为国王加冕、举行婚礼的地方。之所以后来称为玛迦什教堂，是因为 1458～1470 年，玛迦什国王对此教堂进行了大规模扩建，尤其增建了传播他父亲声誉的钟楼，玛迦

▼玛迦什教堂建筑群

渔人堡塔尖

什教堂的名称即由此而来。教堂前面的广场中心，有一座在1713年建成的圣三位一体柱，这是布达人用来感谢那次迅速结束的鼠疫而建的。

　　玛迦什教堂面向多瑙河一侧是1901年建成的新罗马风格的渔人堡。为什么叫渔人堡呢？原来这是因为中世纪时，玛迦什教堂周围曾是卖鱼的市场，渔人堡由此得名。渔人堡上的七个尖塔，象征着最早西迁过来的七个部落。

国会大厦

　　河对岸，就是匈牙利国家政治生活的中心场所之一——国会大厦，同时也是布达佩斯最显著的标志，是举行国会立法的地

▼国会大厦议会大厅

▼伊士特万国王和吉赛拉王后
像

方，也是共和国总统、国会主席及总理的办公所在地。建于1885～1895年，长268米，最宽处123米，中央尖顶高达96米，占地总面积17745平方米。其长度虽比伦敦的英国议会大厦短两米，但外观的豪华壮丽却有过之而无不及。当时的设计者由于所居住的地方太小，以至于竟无法将国会大厦的模型从房间内搬出，最后不得不将模型分成几部分，才搬了出来。为此，匈牙利政府特别奖励给设计者一栋大房子。现在，这一模型就摆放在国会大厦中，在参观时就能看到。

每当黄昏时候，晚霞洒向多瑙河对岸国会大厦，站在渔人堡上，凭栏眺望，美不胜收。而夜色降临，铁链桥上与沿河两岸璀璨的灯光飘浮河上时，城市的灯火与河汉的繁星杂然，渔人堡与其后的玛迦什教堂宛若梦中仙境，竟好似悬浮在半空。如果下了雪，那就更妙，你或许会不自觉地想起一个如同白雪公主与七个小矮人般的童话。

在城堡山南面，是盖尔雷特山，东临多瑙河，海拔235米，是布达佩斯市中心最高的地方。山势东陡西缓，峰峦叠翠，风景秀丽，山上面有自由女神像、护城城堡、伊士特万国王与王后吉赛拉塑像、盖尔雷特主教像和岩洞教堂等景点。

挺立于盖尔雷特山巅的自由女神像，在布达佩斯大部分市区都可以看到。女神像制作于1947年，双手高举象征胜利与和平的棕榈叶，原来叫解放纪念塔，是为纪念第二次世界大战末苏联红军解放布达佩斯而建。

▼自由女神像

　　盖尔雷特山东北部，正对着伊丽莎白桥的上方，有一尊右手高举十字架的青铜塑像，这就是充满传奇色彩的盖尔雷特主教塑像。盖尔雷特原是意大利威尼斯的富家子弟，原名叫杰拉德杜什。1020年，一个偶然的机会，使他来到匈牙利，受到匈牙利开国君主伊士特万的欢迎，特请他担任自己儿子伊姆莱的教父和宫廷教师，匈牙利人称呼他为"盖尔雷特"。他使伊姆莱成为了一名虔诚的基督徒。如果不是在一次打猎中伊姆莱意外丧生，盖尔雷特主教的命运肯定不会是悲惨的。由于伊士特万国王是强制推行信仰基督教的，所以在他死后的1046年爆发了大规模的异教徒叛乱，几乎所有的神甫都被处死，盖尔雷特主教也未幸免。他在佩斯渡口被抓获，在后来以他的名字命名的山上被推下去，尸体后来被人找到，埋在今伊丽莎白桥东北侧的教堂里（后被移走），那是佩斯一侧最古老的教堂。盖尔雷特主教塑像耸立的地方，相传就是他当年遇害的地方，为了作为纪念，他遇害的山就被称为盖尔雷特山。

　　19世纪50年代奥地利人把匈牙利的自由斗争镇压下去后，在盖尔雷特山顶上建立了大规模军事设施——护城城堡。

▼盖尔雷特主教塑像

不可不尝的匈牙利美食

    匈牙利的烹调手艺在欧洲享有盛名，其最有特色的牛肉汤更是世界驰名，几乎所有国家大饭店西餐中都有"匈牙利牛肉汤"一道菜。正式的用餐顺序是先上汤，再上拼盘之类的煎炸食品，然后是主菜，最后是甜点。饮酒顺序是先上开胃的干葡萄酒，一般是白葡萄酒在先红葡萄酒在后，然后是烈性酒，最后是香槟。啤酒则穿插其间贯串始终，一般不作为宴会的正式酒。根据就餐档次，高档场合开胃酒也可上乌尼克姆药酒（UNICUM）。烈性酒中，档次低一些的可上匈牙利产的水果白酒和白兰地等，女士可饮用各种度数低的果酒；档次高的场合，烈性酒中要上威士忌系列。匈牙利的托卡依白葡萄酒和艾格尔产的红葡萄酒非常有名，最有名的"奥苏"（Aszu）甜白葡萄酒和"公牛血"（Bikavér）牌红葡萄酒早已享誉世界。其中"奥苏"酒被认为是世界上最好的甜葡萄酒，当年俄国彼得大帝与法国路易国王的宴会上都少不了"奥苏"酒。匈牙利餐中最有名的两道菜是辣味的土豆牛肉汤和鱼汤，前者称为"古雅士"（Gulyás），后者称为"豪拉丝列"（Halászlé），这两道菜也很对中国人口味。主菜上的烹调，以鹅肝和野味系列（野猪、野鸡、鹿等）比较有名。作为国际大都市，布达佩斯不仅拥有各种风味的匈牙利餐，还可以品尝到意大利、希腊、土耳其甚至墨西哥等国的西餐风味。

就餐须知

    就餐时的规矩不像英国法国那样多，但有些基本的要注意。一是吃饭不能发出大的声响，特别是吧唧嘴的声音非常忌讳；二是吃面包时不能拿在手里大口地嚼，而要用左手按在桌上一小块一小块地撕下来吃，吃喝汤佐餐用的面包尤其要如此；三是当面对很多副刀叉时，如果不知道先用哪一副，要从外侧用起，也就是先使用最外一副刀叉，通常是右手持刀左手用叉。吃完饭以后要付10%左右的小费，不付小费被认为是不礼貌的，因为西餐馆中的服务员主要靠小费收入。

就餐须知

主要西餐馆、酒吧和糕饼店

奥洛巴尔托士餐厅（布达城堡内）
电话：356-0851

国王餐厅（布达城堡内）
电话：212-8565

巴黎餐厅（法国风味）
电话：201-0047

玛勒瓦尼麦尼奥索尼餐厅
电话：362-0560

奥波士托洛克（Apostolok）
电话：267-0290

金羊羔一马场酒家
电话：317-2703

参特拉咖啡厅和餐厅
电话：266-4572

皮洛士考餐厅
电话：266-1826

百年餐厅
电话：267-0288

喀尔巴第亚餐厅
电话：317-3596　　Fax：318-0591

皮尔沃克斯
电话：317-6396　　317-5902

玛迦什地窖
电话：267-0264

盖尔拜奥乌德糕饼店
电话：422-9000

欧布斯餐厅
电话：484-0848

梅地亚俱乐部餐厅
电话：322-1639

卢卡赤糕饼店
电话：302-8747

安娜酒吧（Anna）
电话：318-2016

纽约咖啡厅
电话：322-3849

希腊餐厅
电话：341-0772

日本餐厅
电话：314-3427

塞哥德餐厅
电话：366-6503

公鸡餐厅
电话：349-6515　　350-8217

贡带勒饭庄
电话：321-3550

Budapest

曾比巴黎还要繁华的城市

▼ 李斯特的手模

从布达过铁链桥来到佩斯一侧，就是一片平原了。一直向东走，走不了多远就是安德拉什大街。

瓦茨街——布达佩斯的步行街

不过在说安德拉什大街之前，我们可以先说一说瓦茨街。瓦茨街位于伊丽莎白桥端，短短的自由新闻街将它分为南北两段，

▼ 瓦茨街——布达佩斯古老的步行商业街

多瑙河上的明珠——匈牙利

北段是布达佩斯最繁华最古老的步行街。一百多年前，这里就已是布达佩斯的商业中心。街两侧的建筑，从古典式、巴洛克式、新古典式到直线派和脱离风格等等应有尽有，漫步街上，就像是进入了一座建筑艺术博物馆。一位曾经游历过欧洲的友人曾不无感慨地说，欧洲如果就首都而言，最美的要数法国的巴黎和匈牙利的布达佩斯了。我以为这话并无过分之处，别的且不说，单就建筑风格而言，就可称得上是一个集大成之地。也许是由于历史原因所致，到了布达佩斯，如果留心，可以见到欧洲各时期、各地区几乎所有的建筑风格。

街上不仅有各

圣诞节市场

26

种各样的精品店、时装屋、礼品店、鲜花店，还有传统的糕饼店和咖啡厅、酒吧，甚至还有剧院和大学的校门，当然更少不了饭店和脱衣舞厅。

瓦茨街之所以叫这个名字，是因为过去城墙未拆时。它正好在瓦茨城门里面。从城门出去，可以一直通向瓦茨市。而蛇街则得名于那里的一家著名药店招牌，那上面刻画着一条蛇，实际上匈牙利所有药店的招牌都是一条昂首的蛇。蛇街上的"巴黎院"建于1909～1913年，这个有封顶过道的建筑物，是法兰西模式的翻版，有点像东方的购物街，过去曾是储蓄银行，设计者是一位工人出身的德国工程师。如今这里是著名的商业场所，鞋店、书店、首饰店、古玩店、钟表店、时装店、餐厅酒吧和匈牙利最大的旅行社"依布斯"，都在这里占有一席之地。步行街上有一家建于1906年名叫皮尔兰蒂亚的脱离风格的花店，至今差不多已有一百年了，然而无论店主换了谁，鲜花经营项目却始终未改变。步行街尽头处的盖尔拜奥乌德糕饼店是匈牙利最有名的糕饼店，现在驰名世界的酒心巧克力，就是由一名来自瑞士的糕点师在这里创造的。当年不要说上流社会的一般贵妇人，就连贵为皇后的茜茜公主也格外喜欢这里的糕点。而且价格也不贵。

与欧洲许多国家一样，在这里散步还可以看到许多街头艺术家为人画像、剪影，有时还会有演奏小提琴、手风琴或是其他乐器的演奏者。至于是为了挣钱，还是为了炫耀技艺，抑或是为了其他原因，那就只有"艺术家"们自己知道了。因为我曾经亲眼看到、亲耳听到一位大提琴演奏者演奏巴赫的《无伴奏大提琴组曲》，水平之高，令人咂舌。

瓦茨街东侧的3月15日广场是个政治敏感地区。1848年和1956年的自由革命都是从这里开始的。

　　　　　生命诚可贵，爱情价更高。
　　　　　若为自由故，两者皆可抛。

27

这首我们耳熟能详的诗，在中国可谓家喻户晓，但是你可知道1848年诗人就是在此地高声朗诵了这首诗？如今高声朗诵的裴多菲塑像就矗立在那里。

安德拉什大街——布达佩斯的香榭丽舍大街

如果瓦茨街如同北京的王府井大街，那么安德拉什大街便是北京的长安街了。安德拉什大街与法国的香榭丽舍大街有些相似，是一条集商业与政治于一身的街道。

安德拉什大街，全长 2.5 公里。1872 年动工修建，1876 年 8 月 20 日竣工通车。以在 1867 年匈牙利重新获得独立后第一届总

▼安德拉什大街

理安德拉什·久劳的名字命名。安德拉什大街在匈牙利人心中的位置和作用，如同中国人心中的北京长安街一样，具有特殊意义。政治上，它是布达佩斯的主要迎宾大道，来访的各国政要，去英雄广场的无名英雄纪念碑献花圈都要经过这条大道，重大的政治游行，也多在这条路上进行；文化上，周围以国家歌剧院和李斯特音乐学院为核心的侧街上，聚集了近十所剧院剧场，成为布达佩斯的文艺中心；建筑上，街道两侧几乎都是19世纪末的新古典式建筑，街道下运行的"黄地铁"也是19世纪末所建，是一条不折不扣的百年老街。

▼ 大街下面正在运行的黄地铁

国家歌剧院和李斯特音乐学院

国家歌剧院系费兰茨·尤若夫国王的馈赠，建于1875～1884年。国家歌剧院最初的名称是"匈牙利国王歌剧院"，由于是为国王而建，内外装修极为铺张。1884年落成时是欧洲最现代化的歌剧院，其音响效果被公认为仅次于意大利米兰歌剧院排在欧洲第二。1912年，又全部采用了电灯照明。歌剧院正门两侧，匍匐着两尊巨大的狮身人面像，为歌剧院增添了庄严气氛。正门上方第一层窗台两侧的耳墙上有匈牙利国家歌剧团创办人、国歌谱曲者埃尔盖尔·费兰茨和著名音乐家李斯特·费兰茨的雕像。阳台上方的檐墙上，还站着16尊真人般大小的作曲家塑像，突出了歌剧院的雄伟。维也纳的歌剧院即据此为蓝本建成。

李斯特音乐学院为李斯特·费兰茨创建，有两处校址，建于1879～1880年间的校舍是早期的音乐学院，李斯特曾在此居住并为首任院长，现已成为李斯特纪念馆。离此不远，就是1904～1907

▼ 位于安德拉什大街上的国家歌剧院

李斯特

1811年10月2日出生于匈牙利雷汀，六岁起学钢琴，九岁登台演奏，先后为贝多芬等多位钢琴名家的弟子。他以超群的即兴演奏及创作才能，将钢琴的技巧发展到了无与伦比的程度，也因此获得了"钢琴之王"的美称。

年建成的新的、现在仍在进行教学的李斯特音乐学院，李斯特仍是第一位院长。主楼门额上，有李斯特的青铜坐像。

英雄广场

关于英雄广场
英雄广场千年纪念碑两侧廊柱之间的匈牙利历代名王和民族英雄的青铜塑像从左至右依次是：圣·伊士特万国王、圣·拉斯洛国王、卡尔曼国王、安德烈二世、贝劳四世、卡洛伊·罗拜尔特国王、纳吉·劳约什国王、胡尼奥迪·亚诺士摄政王、玛迦什国王、波赤考伊·伊士特万大公、拜特兰·嘎波尔大公、德科伊·伊姆莱大公、拉科奇·费兰茨二世大公、科树特·劳约士（1848 年民族自由革命的领导者）。

安德拉什大街的东端，就是世界闻名的英雄广场。1896 年，为纪念匈牙利民族西迁定居欧洲一千周年而建，1929 年完工。广场中央耸立着 36 米高的柱形千年纪念碑，碑顶是手执十字架和王冠的嘎伯勒大天使，据说是匈牙利的保护神。碑座上是七位身穿东方服装的骑马勇士，代表着最早的七个部落，为首的是阿尔巴特。千年纪念碑后是两道弧形柱廊，像两只伸出的手臂拥抱着广场。每道柱廊有六对石柱，石柱之间站立着匈牙利历代名王和民族英雄的青铜塑像，两道柱廊共有 14 尊塑像，分别出自不同的雕塑家之手。每尊雕像不但形神兼备栩栩如生，而且都有历史特点。如其中有一位爱读书的卡尔曼国王，历史记载他驼背，这里的塑像也是驼背的。两道柱廊顶部还有四组塑像，左边一组高举镰刀的象征工作与财富；右边一组象征荣誉与正义；中间两组战马拉车的象征战争与和平。千年纪念碑前，有一块平卧的无名英雄纪念碑，在这里举行换岗仪式，外国政要来访均要在此敬献花圈。碑石上镌刻着"献给为我国人民的自由和民族独立而牺牲的英雄们"的字样。英雄广场是匈牙利最大的城

▶国家艺术展览馆

市广场，可容纳 50 万人，大型集会都在这里举行。1991 年教皇
保罗二世来访，曾在这里举行盛大弥撒。英雄广场的北边是国家
美术馆，南边是艺术展览馆，后面是城市公园。

▼柱座上的七位部落首领雕像

在城市公园寻觅

　　我在布达佩斯居住期间，去的最多的地方是城市公园。城市
公园紧挨着英雄广场，占地约 1 平方公里，据说是世界上第一个
人工规划的城市中央公园。因为我的住处离城市公园只有 5 分钟
的路，所以一早一晚的散步地点，就非城市公园莫属。去的多了，
城市公园的建筑雕塑，弯弯小路，边边角角，大树小草都熟而知

祥，分外亲切了。

公园的北部是著名的塞切尼温泉。第一次从外面看这个美丽的巴洛克式的建筑，你一定会认为是一座宫殿。里面有三个大型露天温泉池和很多室内小池，水温最高可达77°，可以治疗多种疾病。如果在门口花1200福林买一张门票，就可以进去泡两个小时，要是多花钱还可以有单独的换衣间和获得其他服务。我和爱人第一次置身于精美雕塑环绕的泉水池中，和大家一起享受清澈温馨的温泉浴时，不禁生出许多感叹。这种在我们看来是贵族式的奢侈的温泉文化，实在是一个极好的旅游项目，不仅给游人带来了快乐的享受，又有财源丰厚的旅游收入。

公园南部有一个人工湖。夏天，湖上野鸭戏水，游船荡漾；冬天，则是人工冰场，滑冰爱好者伴着音乐在那里旋转起舞。湖心岛上是沃伊道·胡尼奥迪城堡，那是1896年为纪念西迁一千周年而建的一组展览性建筑。精选了匈牙利境内不同时期不同风格的21座建筑，复制组合而成，正式名称是"历史建筑群"。由于主要部分是玛迦什国王家族的沃依道·胡尼奥迪城堡（原建筑在今罗马尼亚境内），因而又称"沃依道·胡尼奥迪城堡"，实际上是一座建筑博物馆，但现在里面却是农业博物馆。每一座建筑都很精致，很有特色，实际等于一座建筑博物馆。

每天，我都喜欢先围着岛走一圈，再到岛上走一圈，呼吸带着花草香的清新

关于温泉

匈牙利是欧洲温泉最丰富的国家，现已发现的就有500多处，而仅布达佩斯一地就有130处之多，这一点，恐怕世界上任何一个国家的首都都无法与之相比，"温泉之都"是当之无愧的。

在匈牙利泡温泉可是有学问的，我们都知道，温泉拥有医疗效用。如果是关节炎、肌肉酸痛等疾病要去的温泉与患神经衰弱、支气管炎、软骨病和肠胃病等所去的温泉可不一样哦。

▼公园内的著名雕像——无名编史者

空气，欣赏那些石墙红顶，雕梁画栋、绿树草坪、闲逛的游客，戏耍的儿童，喂鸭的老人，带着爱犬散步的恋人，寻寻觅觅，选择那些美丽的画面把他们一一拍摄下来。

岛上有十尊人物塑像，其中有一尊为纪念13世纪匈牙利编年史的作者而立的塑像——无名编史者，最吸引游人。这尊著名青铜塑像静静地坐卧在绿树环抱丛中，她右手握笔，左手持书，低头沉思，宽大的头巾遮住了她的脸，看不见她的目光。但是当你站在她的面前时，你会感到一种历史的负重感，普通的人、严肃的思考、真实的记载、无名的奉献，都化作一尊无言的铜像让后人敬仰。

我特别喜欢这座塑像，想把她照下来，但是去了一趟又一趟，照了一张又一张，始终得不到理想的效果，绿色的铜像总是融在一片绿色之中。

夏去秋来，公园里黄色　点　点漫过了绿色，绚丽的色彩让人痴迷。

一个黄昏，又一次来到无名编史者像前，秋风瑟瑟，几片黄叶飘落在塑像的石阶上，夕阳透过树干将余晖洒落在塑像上，塑像抹上了一道金色的光芒。忽然间，风停了，她的手好像微微动了一下，仿佛有书页轻轻翻动的声音。

我的心一下子激动了，太美了，这就是追寻已久的意境，梦想中的画。握着手中的相机，在那里站了许久许久。如今，家里客厅的墙上就挂着这张照片。

▼城市公园内的人工湖

在布达佩斯观看演出的主要场所

布达佩斯木偶剧院
(Budapest bábszínház)
地址：VI. Andrássy út 69.
电话：321-5200,342-2702

艾凯尔剧院（Erkel Színház）
地址：VIII. Kőztársaság tér 30.
电话：333-0108,333-0540

首都轻歌剧院
(Fővárosi Operettszinház)
地址：VI Nagymező u.17.
电话：269-3870,332-0535

玛尔吉特岛剧场
(Margitszigeti Színpad)
地址：XIII. Margitsziget
电话：340-4196

显微镜剧场
(Mikroszkóp Színpad)
地址：VI. Nagymező u.22-24.
电话：332-5322,311-3322

民族剧院(Nemzeti Színház)
地址：VII. Hevesi Sándor tér 4.
电话：322-0014

城堡剧院(Vár Színház)
地址：I. Színház u.1-3.
电话：375-8011

国家歌剧院
(Magyar Állami Operaház)
地址：VI. Andrássy út 22.
电话：331-2550,353-0170

佩斯剧院(Pesti Színház)
地址：V. Váci u.9
电话：266-5245,266-5557

威格剧院(Vigszíház)
地址：XIII. Szent István Krt. 14.
电话：269-5340

文娱中心(Vigado)
地址：V. Vigadó tér 3.
电话：318-9167

音乐学院音乐厅(Zeneadkadémia)
地址：VI. Liszt Ferenc tér 8.
电话：341-4788

布达佩斯代表会议中心
(Budapesti Kongresszusi Központ)
地址：XII. Jagelló út 1-3.
电话：209-1990

首都大马戏团(Fővárosi Nagycirkusz)
地址：XIV. Állatkerti krt 7.
电话：343-9630

卡尔文影院(Corvin Mozi)
地址：VIII. corvin Köz 1.
电话：313-9897

多瑙大厦影院(Duna Plaza Mozi)
地址：XIII. Vác út Duna Plaza 内
电话：465-1666

西部商城影院
(WESTEND CITY CENTER MOZI)
地址：XIII. Václ út 3.
电话：288-7777

两座小岛

在流经布达佩斯的被誉为多瑙河最美的一段水域上，有两座小岛，一座是位于北端的玛尔吉特岛，另一座是位于南端的切贝尔岛。

玛尔吉特岛有一个感人的传说。据说国王贝劳四世要出征与蒙古人作战，他的小女儿玛尔吉特公主向上帝祈祷："仁慈的主啊，求您保佑我父平安归来，保佑我的国家繁荣昌盛。我愿意侍奉圣主终身。"贝劳四世国王果然奇迹般地凯旋而归了。玛尔吉特公主遵守自己的诺言，放弃了王权和荣华富贵，到这座小岛上出家当了修女。她当年出家的修道院已被大火烧毁，不过现在漫步岛上，依然可以看到修道院的废墟遗址，似乎在向世人讲述玛尔吉特公主的故事。人们为了纪念善良的玛尔吉特公主，把这座绿阴覆盖的小岛称为玛尔吉特岛，把小岛上的桥称为玛尔吉特桥。这里现在是布达佩斯人休闲娱乐的场所。顺便说一下，在佩斯一侧，铁链桥和伊丽莎白桥之间的有轨电车轨道的隔离带上，仔细寻找，会发现有一座雕塑正坐在隔离带的扶手上，雕塑下边的铜牌上刻着"玛尔吉特公主"。

南端的切贝尔岛以前是工业基地，匈牙利政治变革后被荒弃。现被开发成草莓园，每到夏季，岛两边的公路旁开满了红艳艳的虞美人花，像铺上了红绿相间的地毯。而路边的草莓园里，来自周边的市民们正在采摘着草莓。

多瑙明珠

▼链子桥夜景

▼经济大学夜景

一天中多瑙河上最热闹的时候，要数晚上了。船大半泊着，小半在水上往来着的是游船。热闹的当然不是它们，热闹的是河上两岸杂然的灯火。站在盖尔雷特山顶鸟瞰布达佩斯市全貌，宛如人间仙境。北面，铁连桥的轮廓被灯火勾勒得好像银河下九天，在它的两岸，布达这边的王宫居高临下，好似空中楼阁；而它旁边，若隐若现的就是渔人堡和玛迦什教堂，好似童话中的宫殿。佩斯那边，与王宫遥相辉映的是国会大厦，在惨白色的灯光下，它仿佛在向世人诉说这座美丽城市的沧桑历史。

从山顶往南看，最抢眼的是位于佩斯多瑙河畔的匈牙利国家大剧院。国家大剧院于2002年2月竣工，它的落成圆了匈牙利人近百年的梦。国家大剧院的整体造型犹如一艘乘风破浪的大船，在主体建筑前是一条长长的走廊，尽头是石头帷幕，象征着演出开始了。如果我们从帷幕走进去，走廊两旁的草坪上，竖树立着匈牙利不同历史时期的文艺界名人的铜像，一座座铜雕栩栩如生。在主体建筑的"船头"旁的清水里，有几盏长明火，象征着艺术之火长明。主体建筑用的是海蓝色玻璃，与里面的海蓝色装饰一致。在入口上方，有希腊神话中的9个音乐女神的镀金雕像。夜幕下的国家大剧院，灯火辉煌，在多瑙河中留下色彩绚丽的倒影，令人过目难忘。

　　入夜的布达佩斯仿佛是荡漾着的，轻轻地摇你入睡，一切似乎都是清晰的，而一切似乎又是朦胧的，在清晰与朦胧之中，什么都只剩下了轮廓。朦胧里却温存着热闹繁华的余味，渐渐的勾勒出星星点点的光波与水影，清冷的闪烁着、微拂着、摇荡着，便织成了夜的霓裳，徘徊着的梦魇。

43

▼国家大剧院夜景

▼圣·伊士特万宫正门

圣·伊士特万宫

从城堡山沿着链子桥望去，稍稍偏左，不远处，耸立着一座有巨大圆顶的建筑——圣·伊士特万宫，又称圣·伊士特万大教堂。

除了参观教堂，想要鸟瞰布达佩斯，这里是一个绝佳的地方。登上中央圆顶，到外面的转廊看一看，由于圣·伊士特万宫的中央圆顶高达96米，与国会大厦同为布达佩斯最高的建筑，而国会大厦的圆顶外是不让登临的，于是圣·伊士特万宫的这一优势便显现了出来——佩斯鳞次栉比的房屋、布达参差错落的建筑，一览无余，尽收眼底。

▼圣·伊士特万宫内雕像

欧洲第一大犹太教堂

且不说匈牙利，单是布达佩斯的教堂多得就让人数不过来。但是，位于佩斯的烟草街上的犹太教堂，却是不得不说的。

由于我在罗兰大学补习匈语，而又喜欢步行去上课，所以便经常路过这里，从这里到我听课的地方不过5分钟的路程。

初次看见这座建筑，我便为它所吸引。因为它太特别了，是一座带有拜占廷风格的浪漫主义摩尔建筑。我一直以为这是一座清真寺，因为在它高大的拱门上耸立着两座很像清真寺的望月楼的塔楼。在一次路过中，无意看见了"犹太星"的标志，才知道这里原来是一座犹太教堂。后来又知道这是欧洲最大的犹太教堂。

教堂的一侧，是当作围墙的铁栅栏，里面是一块小小的墓地，从一些墓石上摆放着的小石块来看，这里埋葬的都是犹太人。冬天，倘若没有下雪，墓园里会有秋天落下的败叶，积成厚厚的一层，厚厚的一片，那感觉既深沉又凄凉，虽然这里是市中心。再向前是一道铁栅栏门，这里是教堂后面的一个小院。院子中间是一棵由钢铁制成的"树"——从树干到枝杈到叶子——很是光亮，似乎是垂柳，垂柳的每一片叶子上

犹太教堂

◀教堂大厅

都刻有一个名字，不用说，肯定是犹太人的。

看着这些名字，我有些明白又有些疑惑。

后来，一个偶然的机会，我从铁树正对着的那条街走过，忽然发现在这条街的中间部分，有一个和犹太教堂十分相似，只是比它小一些已经被废弃了的另一个犹太教堂。在这个教堂大门的一边，嵌在墙里的一块说明性的文字：在第二次世界大战中，在这里有许多犹太人被杀害。但具体是多少，我却记不清了，大约有几千人吧。

于是我的疑惑没有了。

我眼中的匈牙利人

过去我对匈牙利了解很少，仅限于裴多菲俱乐部、《茜茜公主》电影和90年代初的短缺经济学。到了匈牙利，接触得多了，了解得多了，心中匈牙利人的形象渐渐鲜活起来。

　　首先让我十分惊奇的是，匈牙利有两个习俗与欧洲不同，却与中国相同。一个是日期表述顺序，按年月日，而不是日月年；另一个是姓氏顺序，先姓后名，而不是先名后姓。难道匈牙利人与中国人有什么渊源？至今，一些匈牙利的中国通还在不断对此研究探讨。不论如何，我坚信，一个保留了中国习俗的民族，在历史上一定与中国有缘。

　　匈牙利人给我的初步印象是热情，豪爽，身体强悍。喜欢吃肉，吃菜偏少。在国际赛事上经常可以看到匈牙利人的身影。对中国人很友好，中国在匈牙利举办的现代艺术作品展，《书墨香》古装书籍藏品展，匈牙利摄影家举办的《中国摄影展》等，都吸

部分外国航空公司驻北京办事处

奥航
电话: 6462-2161
传真: 6462-2166
地址: 亮马桥50号
凯宾斯基饭店内

英航
电话: 6512-4085
传真: 6512-3637
地址: 建国门外大街22号
赛特大厦2/210室

芬航
电话: 6512-7180
传真: 6512-7182
地址: 建国门外大街22号
赛特大厦内

法航
电话: 6588-1318
传真: 6588-1389
地址: 朝外大街18号
商联大厦512室

荷航
电话: 6459-3003
传真: 6459-3030
地址: 建国门外大街1号
国贸大厦内

汉莎
电话: 6465-4488
传真: 6465-3223
地址: 亮马桥50号
燕莎中心内

北欧（SAS）
电话: 6518-3738
传真: 6518-3736
地址: 建国门外大街18号

瑞航
电话: 6512-3555
传真: 6512-7481
地址: 建国门外大街22号
赛特大厦210室

意航
电话: 6500-2233
传真: 6500-2871
地址: 建国门外大街
建国饭店139室

波航
电话: 6500-7799
传真: 6500-7215
地址: 朝阳区工体东路4号
北京城市宾馆

匈航
电话: 6526-3091
传真: 6526-3094
地址: 建国门内大街8号

▼院内的铁树

引了大量的匈牙利人前去参观。有一次，一位漂亮的匈牙利小姑娘请我丈夫为她写几句中国话，说她非常喜欢中国字，想学中国字，还想以后到中国去。那分认真，那分向往，让我们在场的每一个人都为之感动。

匈牙利人给我的进一步印象是聪明，智慧，富于开拓创新精神。匈牙利民族的语言独特，是世界上最难学的几种语言之一，也许正是因此，使匈牙利这个弱小民族具有超强的凝聚力，能在欧洲的历史发展中立足定国。匈牙利只有1000多万人口，面积不过浙江省那么大，但是世界上的匈牙利人中却有14人获得了诺贝尔奖。这一点不能不让我钦佩和感叹。

匈牙利人敢于挑战现实，不屈不挠的追求自由和幸福。在市场经济体制改革中走了一条独特的路，不论别人如何评价，人均GDP达7154欧元，经济发展位于东欧前列，足以使匈牙利人感到自信和坚定。

不过有一点我绝对不敢恭维，也许上帝对匈牙利人太优厚了。多瑙，蒂萨两条大河纵贯沃土，让他们不需要付出太多就能收获丰厚，所以匈牙利人不像中国人要如此的劳作和艰辛。假如你邀请匈牙利人来搬家或修房子，一定要多计算出时间，才能达到预期要求。

匈牙利北部

Northern Hungary

一座东正教的**博物馆**

▼小镇"山丹丹"

　　由布达佩斯去多瑙河湾景区，第一个经过的小镇就是圣安德烈，这是一个距布达佩斯约25公里，不大但却历史悠久的小城镇。中国人按匈牙利语的谐音给这个小镇起了一个好听的名字"山丹丹"，我想起这个名字的人一定听过《山丹丹花开红艳艳》这首民歌。

　　由此，不禁使我想到徐志摩译的法国的"枫丹白露"和意大利的"翡冷翠"两个地名。"枫丹白露"描绘出了法国人温柔的

浪漫情怀；"翡冷翠"勾勒出了意大利人隐藏在热烈豪放背后的冷艳；那么，"山丹丹"这个散发着乡土气息的名字，虽非出自诗人的手笔，却也正道出了匈牙利人的淳朴与热情。仅此一点，在我以为却是如"枫丹白露"、"翡冷翠"般少有的译得传神的名字之一。

　　我们从布达佩斯驱车前去的时候，已经接近黄昏，到达那里，夕阳还没有尽落。

　　将车在老城中心濒河停了。小镇中心濒河一带，虽非小镇上最热闹的地方，却是小镇上最精彩的一段。浓绿的树阴下，在我喜欢称之为有着"欧陆风情的"露天酒吧，小马路对面是临河的河堤，坐在河堤上的多是年青的学生抑或是谈情说爱的恋人，太阳的余晖洒落在人们的脸上，是金色的；河水缓缓流过，懒懒地舔着堤岸，不时发出"汩"、"汩"的声音，河中央有一片绿洲，长满了蓊郁的树木。而水面上，正是光与影热闹的时候，由于水流缓慢，水面较宽，傍晚的残阳照在上面，便被这慵懒的河水爬梳成一绺绺橘红色的锦缎，一如后印象派的名作。

小镇的居民以塞尔维亚人为主。由于塞尔维亚人信奉东正教，所以小镇也以独特的塞尔维亚文化著称，这也正是圣安德烈的独特之处。

小镇上曾经有7座东正教堂，现在保留下来并仍开放使用的有4座。在这里你可以看到介绍东正教历史的塞尔维亚东正教博物馆，进行宗教活动的东正教堂和东正教墓地等一系列东正教服务设施。

▶ "山丹丹"的小商店

小镇以其秀美的风景而闻名。沿不宽的由石头砌成的道路盘曲而上，小镇的制高点是一座塞尔维亚式的教堂。

小镇上亮起了灯火，昏黄而不能明，走在这样的小街上，忽然有了一个似曾相识的意象——德沃夏克的斯拉夫舞曲——不是吗？上灯时分，一个伛偻的老人沿着同样的小街道缓缓走着，依次将昏黄的街灯点亮，远了，成了一个模糊的人影。

19世纪末，匈牙利的艺术家发现了这个小镇，起先来此消夏，随后干脆搬来长住。他们当中有：匈牙利印象派绘画先驱费兰茨·卡洛依、匈牙利现代画派的代表左贝尔·贝劳、前卫派绘画代表沃伊道·劳由士、雕塑家凯雷尼·耶诺、匈牙利著名作家克劳斯挪霍尔卡·依·拉斯洛等、至今仍不绝。

Northern Hungary

维谢格拉德

　　5月的初夏，从山丹丹出发，沿着开满了虞美人花的公路，车行20分钟左右，就来到了维谢格拉德。

　　虞美人的花名有个楚霸王别虞姬的美丽传说，我一直感动于他们之间生死相许的爱情，可真正看到这据说是被虞姬血染红的花，却是在匈牙利，在去往维谢格拉德的路上。每年初夏，在匈牙利的公路旁边盛开着一大片一大片的虞美人，虽无人打理，却

▼虞美人

▼维谢格拉德高山城堡

▼多瑙河湾远眺

开得红艳艳，好似有着极强的、令人感动的生命力。难怪无数名家将其收在笔下，甚至成了欧洲的象征。沿着这一路绚烂，我们来到了久违的维谢格拉德。

维谢格拉德是著名的旅游胜地，人口2.2万，离布达佩斯50公里。古罗马时期为军事要地。4世纪时建城堡。后哥特人、日耳曼人、亚沃尔人先后在此定居。圣·伊士特万时期为国王城堡及州府。1241年蒙古入侵后被焚毁。贝劳四世夫人于1250～1258年重建城堡。14世纪时成为全国名胜，在欧洲也享有盛名。1320年，罗伯尔·卡洛伊国王在山下建王宫，1543年被土耳其人占领，1686年土耳其人被赶走。18世纪初，城堡毁于战乱。18世纪上半叶，日尔曼人来此定居，重建王宫。

1934年发掘出王宫的中间部分。1991年，波兰、捷克、匈牙利三国首脑曾在此会晤，签署了著名的《维谢格拉德宣言》。

站在维谢格拉德山顶，俯览多瑙河，蓝色的多瑙河如一条玉带，盘桓于连绵的青山之中。这里可以说是多瑙河最美的一段，因为弯弯最多。这里也是匈牙利人夏季度假、烧烤的好地方。在河边钓了鱼，到大草坪上支锅烧来吃，美味无比。

Northern Hungary

到上面寻找天堂

　　这是一座建在山丘上的美丽古城，与斯洛伐克的一个小镇隔河相望，那里在 1920 年以前，也是这座古镇的一部分。有一座铁桥将两岸连接起来，在第二次世界大战时被毁。

　　在匈牙利建国之初，尚没有首都的概念，埃斯泰尔戈姆和塞克什白城都建有王宫，国王去那里住，那里就是首都。但是若按

▼埃斯泰尔戈姆大教堂

▼教堂内景

欧洲的传统，埃斯泰尔戈姆其实就是匈牙利第一个首都，因为这里不仅建有王宫，而且还是大主教所在地。

1242年盛极一时的古城因蒙古骑兵的入侵而遭到破坏。1256年，贝劳四世国王把首都迁至布达，将埃斯泰尔戈姆的王宫和城堡送给了大主教。

在匈牙利的历史上，埃斯泰尔戈姆的重要，并不仅仅是因为做过第一个首都，更重要的还在于它是匈牙利国教——天主教的中心。

今日的埃斯泰尔戈姆由城堡山、水城、圣道玛什山，大主教岛和市中心的行政商业区等组成。城堡山的名胜除圣母升天大教堂外，还有王宫遗址和残存的城墙城堡，已辟为博物馆。城堡山下面，有一条横贯南北的通道，称做"黑暗之门"。水城是城堡山下靠近多瑙河部分的外城，城墙紧贴河岸，由于地势低洼，涨水时常漫进城里。水城内有全匈牙利藏品最丰富的基督教博物馆，全匈牙利最古老的基督教图书馆和大主教宫殿等。

除了埃斯泰尔戈姆大教堂。最有名的恐怕就是那座断桥。桥的正式名称是玛利亚·沃赖丽奥桥，始建于1893年，当时是一座很现代化的铁桥，1944年被德军炸毁，多年以来一直没有修复，许多反映二战时期的电影都在这里拍外景。

断桥残照，在我以为是最有情致的。

斯洛伐克与匈牙利已准备共同修复这座铁桥，现在想来已经完工了。只恐怕多少会留给游者一些魂断蓝桥式的怅惘与遗憾了。

整个埃斯泰尔戈姆最有韵味的街道，还要算是城堡山下靠近多瑙河边的拜雷尼·日格蒙德街和巴兹玛尼·彼得街了。街道两旁都是18、19世纪的建筑，更兼有斑驳沧桑的城堡山的高墙，饶有古意。

▼教堂内的管风琴

圣母升天大教堂
——50年成就的建筑

巍然屹立在多瑙河畔的圣母升天大教堂，是匈牙利第一大教堂，欧洲第二大教堂，世界第四大教堂，是埃斯泰尔戈姆的城市标志。这座举世罕见的大教堂，建于1822～1869年，全部工程用了将近50年。1856年主体建成后举行了盛大的献堂典礼，著名音乐家李斯特专门为此谱写了《大弥撒曲》，并在献堂弥撒上亲自担任音乐指挥。

圣母升天大教堂又称为"埃斯泰尔戈

▼圣母升天图

姆宫"或"大主教堂"是古希腊式的古典风格。从教堂前的圣伊士特万广场，拾阶而上，两旁是如茵的绿草与碧叶，穿过正门前高大的科林斯式廊柱组成的门廊，步入高大的圣殿。

"人们觉得自己好像来到了一个可爱的百花盛开的草地，可以欣赏紫色的花，绿色的花，有些是艳红的，有些闪着白光，大自然像画家一样把其余的染成斑驳的色彩。一个人到这里祈祷的时候，立即会相信，并非人力、并非艺术，而是只有上帝的恩泽才能使教堂成为这样。他的心飞向上帝，飘飘落落，觉得上帝并不遥远！"

这虽是古希腊历史学家普罗可比乌斯在进入圣索菲业大教堂后，写下的感受，我以为若写在这里倒也十分贴切。

因为在圣母升天大教堂的背后，镌刻着一行金色的拉丁文："QUE SURSUM SUNT QUERITATE"——"到上面寻找天堂"。

▼圣·伊士特万国王接受加冕塑像

教堂之 都

　　被称为"教堂之都"的瓦茨市，是一座与圣安德烈同样迷人的古镇。但其在匈牙利历史上的地位却比圣安德烈重要得多。

　　我们今天所看到的瓦茨是在经历了蒙古骑兵和土耳其人两次浩劫之后，于18世纪再次重建的。由于18世纪正是欧洲盛行巴洛克式建筑的时期，故而，再次重建的瓦茨，很自然地染上了巴洛克式的色彩。这也就是今天的瓦茨，为什么被称为"巴洛克式的瓦茨"的原因。

　　重建的瓦茨，在整个18世纪，除主座教堂以外，还建造了7座教堂；其中有6座天主教堂，1座基督教堂，1座东正教堂。对于当时一千人左右的瓦茨来说，"教堂之都"的称誉是不过分。今天如果我们漫步于瓦茨的街巷，细心的游客便会发现它们。

　　在瓦茨还有一座凯旋门，也是匈牙利惟一的一座凯旋门。虽然建筑规模比著名的巴黎凯旋门小，但始建年代却要比巴黎的凯旋门早了42年。

▼瓦茨教堂

没有其他原因，只为瓦茨的主教要接待女王一家。为了迎接女王的一次普普通通的视察，就兴建了一座凯旋门，似乎多少显得有些奢华与铺张。个中原由，一方面反映了当地主教欲讨好女王一家的心情；另一方面，1756 年，匈牙利的轻骑兵曾一度攻占柏林并勒索了赔款，而凯旋门的建立，也正是顺应了这一背景而进行的。

今天我们见到的瓦茨的凯旋门是 1970 年重修的，四周围绕着一片平房，甚至还有一座监狱与之为邻，只静静的矗立在那里，显得孤单而落寞，甚至有些萧条，毕竟时过境迁，昔日的繁华不在。与巴黎立于香榭丽舍大街尽头象征巴黎标志的凯旋门相比，多少显得有些相形见绌。可是要知道，在18、19世纪，凯旋门周围是一片空地，凯旋门非常的突出与醒目。然而，不管怎样，这毕竟是匈牙利惟一的一座凯旋门，而且只要一想到它比巴黎的凯旋门还要早上半个世纪，就非常值得一看。

瓦茨的古迹与瓦茨的历史息息相关，主教堂、凯旋门、蘑菇溪上带塑像的石桥，都已成为瓦茨的名胜。城内还有主教宫、市政厅、三位一体柱等。当我们流连于这些辉煌的建筑之间时，可千万不要忽略了瓦茨的自然风光。与瓦茨的建筑相比，瓦茨的滨河风光也是相当迷人的。

推荐您几座布达佩斯的博物馆

●金鹰药房博物馆(Aranysas patikamúzeum)
　　1687年创建的第一座城市药房，1740年改为今名，1922年迁至布达城堡内。
地址：I. Tárnok u.18
电话：375-9772
开馆时间：10:30～17:30

●塞麦尔维士医学史博物馆
(Semmelweis Orvostörténeti Múzeum)
　　塞麦尔维士·依格纳茨（Semmelweis Ignác 1818-1865)，匈牙利名医，博物馆房屋是他出生的地方，1965年在此建馆，馆内的神圣药房陈设均为帝国式家具。
地址：I. Apród u.1-3
电话：375-3533
开馆时间：10:30～18:00

●阿奎恩库姆博物馆(Aquincumi Múzeum)
　　收藏有阿奎恩库姆城和布达佩斯地区发掘的很多古罗马时期文物，1894年创建。
地址：III.Szentendrei út 139.
电话：368-8241
开馆时间：5月1日～9月30日9:00～18:00；10月1日～4月30日9:00～17:00

●邮票博物馆(Belyegmúzeum)
　　世界著名集邮博物馆，收集有世界各国邮票1000万枚之多，颇多精品。
地址：VII. Hársfa u.47
电话：341-5526
开馆时间：4月1日～10月31日10:00～18:00；11月1日～3月31日10:00～16:00

●布达佩斯历史博物馆(Budapesti Törteneti Múzeum)
　　1887年创立，1967年迁至布达王宫内。
地址：I.Szent György tér 2.

电话：355-8849
开馆时间：3月1日～10月31日10:00～18:00；11月1日～2月28日10:00～16:00

●基督教福音派博物馆(Evangélikus Országos Múzeum)
　　该馆为该教派的全国性博物馆，设在戴阿克广场福音派教堂旁边，原是一所福音派中学。
地址：V. Deák tér 4.
电话：317-4173
开馆时间：10:00～18:00

●战史博物馆(Hadtörténeti Múzeum)
　　馆舍曾是宰相住宅和布达城堡守军驻地，1938年开馆，是匈牙利最著名的军事博物馆，位于布达城堡内。
地址：I. Kapisztrán tér 2-4.
电话：356-9522
开馆时间：10:00～16:00

●霍普·费兰茨东亚艺术博物馆
(Hopp Ferenc Kelet-ázsiai Művészeti Múzeum)
　　匈牙利最大的东方艺术博物馆，藏品以中国文物为主，1919年建馆。
地址：VI. Andrássy út 103.
电话：322-8476
开馆时间：1月1日～3月31日10:00～16:00；4月1日～12月31日10:00～18:00

●工艺美术博物馆(Iparművészeti Múzeum)
　　藏品以手工艺品为主，1872年建馆，现馆舍建于1893-1896年，为脱离式风格，屋顶由漂亮的彩色磁片镶饰，极其典雅华丽。当年新馆落成时，费兰茨·尤若夫国王亲自出席了开馆典礼。
地址：IX. Üllői út 33-37.
电话：217-5222/171
开馆时间：3月15日～12月14日10:00～18:00；12月

15 日～3 月 14 日 10:00～16:00

●交通博物馆(Közlekedési Múzeum)
创立于 1896 年，收藏有早期的火车，汽车等交通工具。乘匈牙利境内火车，如声明去布达佩斯参观交通博物馆可享受优惠票价，但回程时需向列车员出示参观过的交通博物馆门票。当然只适用于往返车票，单程车票无此优惠。
地址：XIV. Városligeti Krt 11.
电话：343-0565
开馆时间：5 月 1 日～9 月 30 日 10:00～17:00，星期六、星期日：10:00～18:00；10 月 1 日～4 月 30 日 10:00～16:00，星期六、星期日：10:00～17:00

●民族画廊(Magyar nemzeti Galéria)
以收藏匈牙利本国画家的作品为主，兼有雕刻艺术品和教堂艺术品。设在布达王宫内。
地址：I. Szent György tér 2.
电话：375-7533
开馆时间：3 月 1 日～10 月 31 日 10:00～18:00；11 月 1 日～2 月 28 日 10:00～16:00

●李斯特纪念馆(Liszt Ferenc Emlékmúzeum)
著名音乐家李斯特生活和工作过的地方，收藏有很多与李斯特有关的珍贵文物。
地址：VI. Vörösmarty u.35，馆址的另一面是 Andrássy út 67.
电话：322-9804
开馆时间：1 月 1 日～7 月 31 日 10:00～18:00；9 月 1 日～12 月 31 日 10:00～18:00，星期六：9:00～17:00

●匈牙利农业博物馆(Magyar Mezőgazdasági Múzeum)
全面介绍匈牙利人，从定居在喀尔巴阡山盆地起，直到现代的各方面农林牧业情况，其中关于葡萄种植与葡萄酒酿制过程的各种资料与器具很值得一看。
地址：XIV. Vajdahunyad vára
电话：343-0573
开馆时间：4 月 1 日～11 月 15 日 10:00～17:00，星期日：

10:00～18:00；11 月 16 日～3 月 31 日 10:00～16:00，星期日：10:00～17:00

●民俗博物馆(Néprajzi Múeum)
该馆建筑曾是司法部大楼，1972 年博物馆迁入，因展陈内容以人类进化过程为主，又称为人种志博物馆。
地址：V. Kossuth Lajos tér 12.
电话：312-4878
开馆时间：3 月 1 日～10 月 31 日 10:00～18:00；11 月 1 日～2 月 28 日 10:00～16:00

●匈牙利国家银行钱币与徽章收藏陈列(Magyar Nemzeti Bank bankjegy és Éremgyűjtemeny)
收藏有很多珍贵的古钱与徽章，在这里可以看到匈牙利最早的货币。
地址：V. Szabadság tér 8.
电话：302-3000/1532
开馆时间：9:00～14:00

●国家博物馆(Magyar Nemzeti Múzeum)
该馆实为匈牙利历史博物馆，藏品极为丰富，世界著名博物馆之一。
地址：VIII. Múzeum Krt 14-16
电话：338-2122
开馆时间：3 月 15 日～10 月 15 日 10:00·10:00；10 月 16 日～3 月 14 日 10:00～17:00

●拉特·久尔基博物馆(Ráth György Múzeum)
拉特·久尔基生于 1828 年，卒于 1905 年，一生喜爱收集文物。博物馆建筑曾是他的住宅，当年的餐厅仍原样保留在馆内，现以展陈中国文物为主。
地址：VI. Városligeti fasor 12.
电话：342-3916
开馆时间：1 月 1 日～3 月 31 日 10:00～16:00；4 月 1 日～12 月 31 日 10:00～18:00

●艺术展览馆(Műcsarnok)
位于英雄广场国家美术馆对面，巡回展出美术作品和艺术品。

地址：XIV. Hosók tere

电话：343-7401

开馆时间：10:00～18:00

● 庄园博物馆(Kaslély Múzeum)

这是一所利用大贵族撒劳兹——卢德涅斯基的庄园建筑开辟成的博物馆。主体建筑建于1743-1766年，为巴洛克式，内部陈列的并不是匈牙利的庄园史，而是欧洲15世纪以后各个时期的家具，隶属于工艺美术博物馆。

地址：XXXII.'Kastélypark u. 9-11.

电话：226-8547

开馆时间：10:00～17:00

● 裴多菲文学博物馆(Petófi Irodalmi Múzeum)

该馆建筑曾是匈牙利大贵族卡洛依家族的住宅，始建于17世纪末，原为巴洛克式；1768年卡洛依家族搬入后，改建为古典式。1919年产生的匈牙利共和国第一任总统卡洛依·米哈依（Károly Mihály）就是在这里出生的。裴多菲文学博物馆主要展陈匈牙利近代文学家的事迹和作品。

地址：V. Károly Mihály u.76

电话：317-3611　开馆时间：10:00～17:00

● 美术博物馆(Szépművészeti Múzeum)

主要收藏外国美术作品，欧洲著名画家的作品这里都有收藏。

地址：XIV. Hősök tere

电话：343-9759　开馆时间：10:00～18:00

● 音乐史博物馆(Zenetörténeti Múzeum)

该馆舍原为贵族住宅，1800年贝多芬来布达城参加音乐表演时，曾下榻于此。匈牙利著名音乐家巴尔托克·贝劳（Bartók Béla 1881-1945）的事迹，在展陈中占相当大部分。馆中还收藏有很多历史乐器，其中引人注目的是一把1790年的巴黎踏板竖琴。

地址：I. Táncsics Mihály u.7

电话：214-6770

开馆时间：3月15日～11月14日10:00～18:00；11月15日～3月14日10:00～17:00

● 雕塑公园博物馆(Szoborpark Múzeum)

1990年匈牙利政体改变以后，与前苏联和共产党有关的各种塑像或被推倒或被拆毁。一些有识之士建议，不如将其中艺术水准较好的塑像集中起来，开辟一个博物馆。这样既可教育后人，又可从艺术上进行鉴赏。于是，从1991年12月5日开始集中，1993年正式开馆。塑像中的精品：有匈牙利雕塑家帕特造依·帕尔1965年制作的列宁像，塞盖士第·久尔基于1971年制作的马克思、恩格斯双人像，沃尔告·伊姆莱于1971年制作的匈牙利共产党创始人，1919年匈牙利苏维埃共和国的主要领导者库恩·贝劳的塑像等。

地址：XXII. Balatoni út-Szabadkai út 夹角处

电话：227-7446

开馆时间：10:00～17:00

● 匈牙利自然科学博物馆
(Magyar Természettudományi Múzeum)

该馆主要介绍生物发展情况，有很多珍贵的动植物标本。

地址：VIII. Ludovika tér 2.

电话：333-0655

开馆时间：4月1日～9月30日10:00～18:00；10月1日～3月31日10:00～17:00

● 体育运动博物馆(Testnevelési és sportmúzeum)

馆中展有匈牙利运动员在世界体育比赛中的情况，包括很多珍贵图片和奖章。

地址：XIV. Dózsa György út 3.

电话：252-1696　开馆时间：10:00～16:30

● 《圣经》博物馆(Biblia Múzeum)

展陈有各种版本的《圣经》，多珍贵古籍，并收藏有很多名人使用过的《圣经》。

地址：IX. Ráday u.28

电话：217-6321　开馆时间：10:00～17:00

匈牙利东部

茜茜公主的行宫

由罗蜜施耐德主演的电影《茜茜公主》，在我国可谓是家喻户晓、风靡一时。电影中的茜茜公主活泼可爱，她幸福天使般的笑颜打动了无数观众的心。可历史上真实的茜茜一生为情所困，可以说是一位美丽的、传奇般的悲情皇后，真应了红颜薄命的老话。

伊丽莎白桥桥头的茜茜公主像

1853年夏天，茜茜公主和当时的奥地利皇帝费兰茨·尤若夫一见钟情。按照传统，她所属的维特尔斯巴赫家族要与奥地利的哈布斯堡家族再次联姻，茜茜的姐姐娜娜被选定嫁给费兰茨·尤若夫皇帝。相亲那天，尤若夫先到了一会儿，娜娜因尚未换好衣服无法立即迎见，母亲便让茜茜陪可称为表兄的尤若夫坐一会儿。没想到，等娜娜换好衣服过来时，一切已无法挽回，年轻的皇帝抵制住了宫廷的礼仪，非茜茜不娶。在1848年的匈牙利革命中，茜茜用她独特的魅力和外交手段，帮助皇帝征服了匈牙利，建立了二元帝制的奥匈帝国，使得费兰茨·尤若夫成为了奥地利的皇帝兼匈牙利的国王，她自己也带上了匈牙利王后的桂冠。至今在布达佩斯著名的玛迦什教堂里，还有当

▶游客们穿上古代淑女装拍照

年他们夫妇加冕为匈牙利国王、王后的大型历史纪实性壁画。自此茜茜公主与匈牙利结下了不解之缘，无论国际政坛怎样变换，她始终是深受匈牙利人民爱戴的王后。

在布达佩斯东面30公里处，有座称哥多洛的小城。哥多洛市位于丘陵地带，这个曾被大片森林包围的小镇之所以闻名，是因这里有一座占地达28公顷的大型皇家园林，并被人们亲切地称为"茜茜公主庄园"。

茜茜成了一人之下万人之上的皇后，并没有过上人们想象中的幸福生活。与茜茜同属一个家族的皇太后索菲，不喜欢按辈分可称为外甥女的茜茜，觉得她缺乏宫廷教养，不但不让她管教自己的孩子，甚至还挑拨她与费兰茨的夫妻关系。尽管结婚初期丈夫很爱她，却也难以抹平婆媳不和给她造成的精神创伤。这一切都使她不愿住在维也纳皇宫，哥多洛行宫成了她最爱去的地方。

奥匈帝国版图很大，茜茜为什么对匈牙利情有独钟？传说与匈牙利的安德拉什伯爵有关。奥匈帝国成立以前，茜茜已深得匈牙利贵族的好感，在奥匈结成二元制联邦期间，茜茜用她的个人魅力做了大量工作。当时，1848年爆发的匈牙利自由革命刚被奥地利镇压不久。流亡国外的科树特劳约士致信给国内的实力派人

物戴阿克·费兰茨，反对匈牙利与奥地利组成联邦，主张继续为独立而斗争。而实际情况是，刚刚遭到镇压的匈牙利革命势力，已经没有力量在短时期组织起来重新进行斗争。戴阿克左右为难，在这关键时刻，茜茜做了大量争取匈牙利贵族的工作，终于以她的开明、善良得到了戴阿克和刚回国不久的安德拉什·久劳伯爵的理解、支持与合作。与茜茜见面时，安德拉什伯爵年龄还不到40，仪表堂堂、风度迷人，是奥匈帝国成立后第一任匈牙利总理。而茜茜公主当时更是被时装杂志评选为世界上最美的人。加之费兰茨皇帝由于多年政事上的不如意，开始在外寻花问柳，渐渐疏远了茜茜。于是向往自由天空的茜茜经常来到有着游牧民族血统的匈牙利，她不愿意住在布达佩斯的王宫，选择了哥多洛行宫作为下榻之所。安德拉什经常到行宫来看望她，两人在书房谈心，在花园散步，一同骑马，一同打猎，心照不宣。这也是茜茜为什么喜欢来哥多洛行宫的一个原因。当然这仅仅是传说而已。

茜茜晚年遇到了一连串不幸。茜茜一共有两个女儿一个儿子。1889年，她惟一的儿子鲁道夫，由于父亲的不信任与爱情纠葛，在梅耶岭的别墅自杀，给茜茜带来了沉重打击。以至于茜茜从此只穿黑色衣服。接着是安德拉什伯爵去世，茜茜恸哭不已。1897年10月2日，茜茜最后一次来到哥多洛行宫，住了22天后离去。第二年，也就是1898年9月19日，她在瑞士的口内瓦湖畔散步被一个意大利无政府主义者鲁切尼刺杀。

茜茜在哥多洛行宫留下了很多逸闻趣事。她喜欢骑马，行宫便在24间马厩之外添建了1500平方米的马术房。她吃饭不喜油烟味，厨房便设在离她餐室远远的地方，饭菜要从专门通道给她送来。她喜欢看戏，行宫里便改建出一个小剧场。至于她经常向当地流浪汉施舍并与当地农民交谈的佳话，更是流传甚多。这里记录了这位美丽多情而又孤独寂寞的皇后的喜怒哀乐和最后的时光。

参观了巴洛克式的"茜茜公主行宫"，友人建议我再去看看浪漫主义风格的教堂。

在哥多洛的附近，有一个叫弗特的村庄。村中有两座浪漫主义风格的建筑：卡洛依庄园和天主教堂，教堂似乎更出名些。一般的教堂只有一个或两个钟塔，这所教堂却有四个，礼拜堂的四角，一角一个，像角楼一样将礼拜堂围在中间。而且每个钟楼顶端，又向上伸出四个小塔，每座塔尖上都耸立着一个十字架。这种形式的教堂在匈牙利只此一处。当然，真正的教堂还是在前边，后面两个较小，只起美观上的协调作用。

看完了巴洛克式的建筑再看浪漫主义的，的确是一件有意思的事情。

◀行宫正门

▼行宫后院

哥多洛国王行宫——茜茜公主行宫

　　哥多洛国王行宫建于1733—1749年间，最早属于哥绍尔科威氏家族所有。奥匈帝国成立后匈牙利政府将其买下，作为登基大礼，送给兼匈牙利国王的奥地利皇帝费兰茨·尤诺夫居住。这里后来成为伊丽莎白皇后——"茜茜公主"最喜爱的行宫。参观哥多洛国王行宫可以看到许多珍贵展品和了解许多有关茜茜公主的逸闻趣事。

最具匈牙利特色的小村

这是一个位于匈牙利东北部山区的小村落，在小一些的地图上，是找不到它的。

然而可不要小看了它，乌鸦石村这个古老的村镇、城堡及其周围的环境从1987年就被联合国教科文列入《世界文化遗产目录》。它之所以受到特殊保护，是因为这里的自然环境、历史、乡村建筑和鲜活的民间艺术所特有的价值，这不但引起了其国内、也赢得了国际的关注。

这一保护区内的古老村落起源于中世纪，14世纪时在这里盖的教堂可以作证。居民区的安置同城堡和丘陵相得益彰，狭长的房屋与院落，是这个地方居住的特点。挤在丘陵和小溪间的农家已容不下谷仓的位置，大家就共建共用。大户人家先建，他们自然优先使用。

直到18世纪末，住房都是用木料建造的。后来因为火灾频繁，人们才更多地采用石料和土坯。

▼泼水

▼民俗歌舞

▼古老的教堂

现在我们看到的村落是 1909 年一场大火后重建的，但保留了原有的格局。村民们在砍伐山上的树木时故意留下一些，这样不仅可以乘凉，还可以防止水土流失，点缀得城堡残垣和山坡更加美丽。建于 13～16 世纪的城堡实际上没有起过多少防御作用，但是在土耳其人统治期间倒是多次易主。

随着现代化进程的步伐不断加快与扩大，最近几十年来，古老的乡村面临种种威胁，其中最主要的是部分居民想盖现代化的房子，但这种想法会破坏传统的街道面貌。现在有些空余房子已作为公用，如其中一家改为旅游旅馆，一个房间布置了古老的民间家具；另一家改为博物馆。尽管如此，很多老年人还是喜欢住在有葡萄藤和鲜花环绕的百年老房里。

每年复活节这几天是这小村落最热闹的时候，一方面是因为复活节的缘故；另一个原因则是这一段时间也正是小村每年一度的民俗活动节的时间。

既然是民俗活动节，届时村中无论男女老少，一律身着匈牙利传统民族服装。最热闹的，要数村口的空场上，村中的少男少女、年轻的小伙儿和姑娘为前来参观游览的客人们表演匈牙利的民族歌舞，在蓝天白云远山的映衬下，是最靓丽欢快的一群。

布达佩斯的主要宾馆饭店

五星级

●凯悦饭店 （Hotel Atrium Hyatt）
V. Roosevelt tér 2. 电话：266-1234
●布达佩斯凯宾斯基饭店
(Hotel Corvinus Kempinski Budapest)
V.Erzsébet tér 7-8. 电话：266-1000
●布达佩斯希尔顿饭店
(Hotel Hilton Budapest)
I.Hess András tér 1-3. 电话：375-1000
●布达佩斯马里欧特饭店
(Hotel Marriott Budapest)
V. Apáczai Csere J.u.4. 电话：266-7000

四星级

●阿奎恩库姆饭店 （Hotel Aquincum）
III. Árpádfejedelem ú tja 94.
电话：250-3360
●和平饭店 （Hotel Béke Radisson）
VI.Teréz krt.43. 电话：332-3300
●布达潘泰饭店 （Hotel Buda penta）
I.Krisztina krt.41-43. 电话：356-6333
●布达佩斯弗拉门哥饭店
(Hotel Flamenco Budapest)
XI.Tas vezér u.7. 电话：361-2250
●布达佩斯弗卢姆饭店
(Hotel Forum Budapest)
V.Apáczai Csere J.u.12-14.
电话：317-8088
●考勒宗哈兹饭店 （Hotel Garzonház）
XZách u.31a. 电话：333-9916
●盖尔雷特饭店 （Gellért Szálloda）
XI.Szent Gellért ter 1. 电话：385-2200

●海里奥饭店 （Hotel Helia）
XIII.Kárpát u.62-64. 电话：270-3277
●匈牙利饭店 （Hotel Hungaria）
VI I I. Rákoczi út 90. 电话：322-9050
● K + K 歌剧饭店 （Hotel K+K Opera）
VI. Révay u.24. 电话：269-0222
●王冠饭店 （Hotel Korona Pannonia）
V .Kecskeméti u.14. 电话：317-4111
●诺沃泰尔饭店
(Hotel Novotel Budapest Centrum)
XII.Alkotás u.63-67. 电话：386-9588
●拜特奈哈兹·哥特里俱乐部
(Petneházy Country Club)
II .Feketefej u.2-4. 电话：376-5992
●拉曼达饭店 （Hotel Ramada）
XIII.Margisziget. 电话：332-1100
●维克多丽亚饭店 （Hotel Victoria）
I.Bem rakpart 11. 电话：457-8080

东部大平原

Eastern Hungary

匈牙利大平原是喀尔巴阡山盆地中最大的地貌，位于蒂萨河两岸，一马平川，面积几乎有半个国家大。

一路行来，车窗外道路两边的色彩在不断地变化着——这几天秋风来得格外的料峭。所以走在路上，并不感觉单调。

我似乎听到自己的念头在胸中窃窃私语，似乎被一些亲切的感觉催眠了。

外边，马蹄匠在对门打铁，锤子一下轻一下重，呼吸艰难的风箱在喘气，马蹄受着熏炙发出一股怪味道；洗衣妇蹲在河边捣衣；屠夫在隔壁院子里砍肉；路上走过一匹马，蹄声嘚嘚；水龙头轧轧地响；河上的桥转来转去，装着木料的沉重的船，被纤绳拉

着在砌得很高的河岸前缓缓驶过。铺着石板的小院子的泥地里，长着紫丁香，或是别的什么，四周是一大堆风葟草和喇叭花或虞美人还有蒲公英，风过来，到处都飘扬着，临河的小路上，蓊郁的是高矮不齐的树木。有时邻近的广场上有赶集的喧闹声，牛叫声，乡下人穿着耀眼的民族服装。星期日在教堂里，歌咏队连声音都唱不准，老教士做着弥撒快睡着了；驾着车的人，缓缓地在路上走着，一路跟别人脱帽招呼；两旁的白杨瑟瑟索索地发抖。

然后是丰盛的午餐，东西多得吃不完；大家头头是道，津津有味地谈论吃喝的问题；大家也谈到别的，说些笑话，还夹杂着一些关于时政的议论，牵涉到无穷的细节。

天空有些阴沉，在这薄薄的秋的阴霾里，一定隐藏着极纤秀、极轻柔的有如少妇般姿色的丰韵，撩拨着我秋思的情愫，要不我怎么会被招惹着尽作些不着边际的

部分航空公司驻布达佩斯办事处

奥航
电话：327-9080
传真：268-9601
地址：V. Régiposta u. 5.

英航
电话：266-6698
传真：338-2716
地址：VIII. Rákóczi u. 1-3

芬航
电话：317-4022
传真：317-4296
地址：V. Bajcsy-Zs. u. 12.

法航
电话：318-5238
传真：267-6206
地址：V. Kristóf tér. 6.

荷航
电话：373-7737
传真：373-7719
地址：VIII. Rákóczi út. 1/3

汉莎
电话：266-4511
传真：266-8669
地址：V. Váci u. 19/21.

北欧(SAS)
电话：266-2633
传真：318-5582
地址：V. Bajcsy-Zs. út. 12.

臆想呢。

"羁縻人心的乃是从上智到下愚都有的一种潜在的，强有力的感觉，觉得他们几百年来成了这块土地的一分子，生活着这块土地的生活，呼吸着这块土地的气息，听到他的心跟自己的心在一起跳动像两个睡在床上的人，感觉到它不可捉摸的颤抖，体会到它寒暑旦夕，阴晴昼晦的变化，以及万物的动静声息。而且用不着景色最秀美或生活最舒适的乡土，才能抓握人的心；便是最朴实，最寒素的地方，跟你的心说着体贴亲密的话的，也有同样的魔力。"

"平坦而潮湿的土地，没有生气的古老小城，四周是单调的田野，农田，草原，小溪，树林，随后又是单调的田野。没有一点胜景，没有一座纪念建筑，也没有一件古迹。什么都不能引人入胜，而一切都教你割舍不得。这种迷迷糊糊的气息有一种潜在的力：凡是初次领教的都会受不了而要反抗的，但世世代代受着这个影响的人再也摆脱不掉，他们感染太深了；那种静止的景象，那种深沉的恬美，在他们是不以为意的，或许是加以菲薄的，可是的确喜爱的，忘不了的。"

尽管如此，对于匈牙利的东部的许多地方，我都有一种感觉，那就是——衰飒。远远的一带树林，被夕阳的余晖勾勒出参

差的线影，莽苍苍的，从这中间，渗出一缕昏红的微芒，而那余晖，却像是被冻住了一般——"残阳如血"——这大抵是我对东部的印象。

梦幻温泉

　　来匈牙利后就听人说，到米史克尔茨市的太波尔曹镇去吧，那里有一个山洞温泉特别有意思。

　　此话一点不假，当我置身于山洞温泉之中的时候，马上被一种神秘感笼罩了。

◥ 山洞温泉

布达佩斯主要温泉一览表

●道塔尔温泉(Dandar Gyógyfürdő)
地址：IX. Dandár u.5-7
治疗：关节炎、肌肉酸痛肿胀等。

●盖尔雷特温泉(Gellért Gyogyfürdő)
地址：XI. Kelenhegyi út 4.
治疗：关节疼痛等运动系统疾病、神经衰弱。

●国王池(Király Gyógyfürdő)
地址：II. Fő u.84
治疗：关节疼等运动系统疾病和软骨病。

●卢卡赤温泉(Lukács Gyógfürdő)
地址：II. Frankel L.u.25-29
治疗：关节疼等运动系统疾病和缺钙性软骨病。

●伊丽莎白温泉
(Pest Szent Erzsébeti Jódos-sós Gyógyfürdő)
地址：XX. Vizisport út 2.

治疗:关节炎、神经衰弱、妇女病（水中含碘和盐）。

●拉茨温泉(Rác Gyógyfürdő)
地址：I. Hadnagy u.8-10
治疗：关节、脊椎等运动系统疾病、支气管炎、神经衰弱，肠胃病等。

●卢道什温泉(Rudas Gyógyfürdő)
地址：I. Döbrentei tér 9.
治疗：运动系统疾病、神经衰弱、肠胃病、支气管炎。

●塞切尼温泉(Széchenyi Gyógyfürdő)
地址：XIV. Állat kerti krt.11
治疗：运动系统疾病、肠胃病。

●新佩斯温泉(Újpesti Gyógyfürdő)
地址：IV. Árpád út 114-120.
治疗：关节疼等运动系统疾病。

▼邻近沛齐市的豪尔卡尼温泉

从山洞口进入，里面九曲八弯，洞洞相连，水流清澈，有如仙境。泉水一会儿从上喷流而下，一会儿拐入暗道，人在水中游走，走走就不知转到了哪里。我一直带着照相机，有时候在水里行走，我就把照

▶邻近佩奇市的豪尔卡尼温泉

相机放在塑料包里，用手举到头上，让爱人扶着在水中慢慢地前进，生怕一不小心把照相机掉进水里。

随朋友指引我们来到了土耳其洞。洞顶上繁星点点，在雾气中闪着神秘的光。人泡在水中抬头仰望，好像在太空里神游，闭上眼睛，借着水的浮力还真有点飘飘欲仙的感觉。不同的洞里的泉水有不同的温度和治疗作用。有个温泉池，可以治疗风湿症，但在里面最多不能超过30分钟，这正对我的需要，马上下去足足泡够了半个小时才上来，感觉真是好极了。

在温泉中洗浴，在温泉中治疗，在温泉中聚会聊天，泡够了上来冲个澡，吃个快餐，全家人其乐无比，这就是匈牙利特有的温泉文化。休闲，舒适，有利于健康，和我们偏重饮食文化的休息方式相比，是不是更有可取之处呢？

匈牙利境内已经开发的温泉有1000多处，温泉蕴藏量属世界第二，很多温泉具有医疗效果。泡温泉是匈牙利人喜爱的活动，也是国外游客健康疗养的必选之处。在温泉中洗浴，在温泉中治疗，在温泉中聚会聊天、下棋娱乐，已成了匈牙利人一种特有的温泉文化。由于布达佩斯的温泉有名，每年到布达佩斯洗温泉的人多达一千多万人次。

塞切尼温泉位于布达佩斯城市公园北部是欧洲最大的温泉中心之一。

盖雷特温泉饭店位于布达佩斯多瑙河畔绿桥桥头，内部的温泉宫雕梁画栋，是匈牙利装修最豪华的温泉饭店。米什克尔茨市一太波尔曹镇的山洞温泉，美丽而神秘，里面九曲八弯，洞洞相连，泉水清澈，犹如仙境。

我总是告诉准备去匈牙利的朋友，别忘了去看钱币上的城堡。

迪欧什久勒城堡，位于米什克尔茨市西边碧克山脚下，是一座典型的中世纪城堡。城堡呈方形，由内外两部分组成，四角起塔楼，周围环绕有很宽的护城河。登楼远眺，青山绿水簇拥着雄伟的城堡，有一种刚柔之美。城堡历史悠久，始建于10世纪，14世纪归国王所有。纳吉·劳约什国王在位时，匈牙利疆土面积达到最大，这位国王常到迪欧什久勒居住办公。以后有几代国王都将城堡送给王后居住，因此人们也称其为"王后城堡"。现在流通的匈牙利200福林面值纸币上就印有该城堡的图案。

▼城堡内展示古代人们生活的雕塑

NAGY LAJOS KIRÁLY
1342 - 1382

▼米什克尔茨市景观

布达佩斯机场电话：
296-9696
咨询：296-7155
起飞：296-7000
到达：296-8000

铁路交通信息：
匈牙利国内：461-5400
国际：461-5500

华人机票旅行服务
欧华国际旅游公司
订票服务电话：
0630-9146703
0630-9559131

旅行服务电话：
电话：322-9076
传真：322-4201
地址：Bp.VII.Nefelejcs u.
45

最美丽的牛

终于有一个机会,让我去了一次匈牙利东部草原——匈牙利国家公园之一的霍尔多巴吉大草原。历史上从欧亚交界地带迁移到欧洲中部的匈牙利人,至今尚存游牧民族爱马善骑的特质。骑马文化以及宁静秀美的田园风光,淳朴自然的农家生活,以及最具匈牙利特色的民俗建筑每年都吸引了大批喜爱乡村旅游的游客到访。除了精彩的马术表演,此行最值得看的是匈牙利长角灰牛,是欧洲独一无二的稀有品种,早先由匈牙利人祖先迁徙带到欧洲,目前数量不多。牛的两支长角美丽极了,是我见过的最漂亮的牛。

▼长角灰牛

Eastern Hungary

品尝葡萄酒的地方

埃盖尔是一座具有巴洛克式建筑风格的城市。位于马特拉山山麓，那里有匈牙利的最高峰；同时那里也是匈牙利的滑雪场。冬天，如果你想滑雪，而又不想长途跋涉去奥地利或是诸如瑞士之类的地方，那么这里可以说是最佳的首选之地。

对于初次来到埃盖尔的我来说，埃盖尔给我的印象不如同伴所讲：以为是匈牙利最漂亮的城市。

▼葡萄酒窖

这也许和我到埃盖尔时的季节有关。我来到这座城市的时节是深秋——斜照的阳光，懒懒地铺在街道上，房屋的墙壁、屋顶上，街上少有行人。一条小河穿城而过，小河两边，步行道上，薄薄的一层黄灿灿的落叶。

来到埃盖尔如果参观教堂，凭吊历史，是无可厚非的事情。市中心的大教堂，哥特式的主教宫遗址，土耳其风格的清真寺和尖塔、城堡，以及反映埃盖尔人民抗击土耳其人的斗争历史的博物馆等等，城中漫步，有应接不暇之感。

但那似乎是学者的事情。

埃盖尔不仅以名胜古迹闻名，而且周围火山沉积、阳光充足的丘陵上生产的葡萄酒也很有名气。匈牙利人在定居前长途跋涉的过程中，从生活在高加索地区的土耳其人那里学会了种葡萄和酿酒，甚至葡萄酒的匈文也源于土耳其语，而不像其他一些语言源于拉丁文。

中世纪时，埃盖尔盛行白葡萄酒，后来，在15～16世纪时移居来的南斯拉夫人带来了酿红葡萄酒的品种。匈牙利最有名的

◀葡萄园

一种干红葡萄酒就是"埃盖尔公牛血酒"。它是用不同品种、单独采摘的葡萄酿成，集中了四五种名葡萄酒的特点，清香醇厚，味浓可口。

那么埃盖尔公牛血为什么会被命名为"公牛血"呢？一方面是因为其颜色深红有如血色；另一方面，曾听人讲，

在土耳其人进攻埃盖尔时，由军人、市民和附近农民组成的队伍，在饱餐战饭，酒酣耳热之际，向土耳其人发动了攻击，由于许多人在喝酒时将酒洒在了头上、脸上，土耳其人见状，以为对方将公牛的血涂在了脸上，十分惶恐，大喊"快跑啊！他们涂了公牛的血啦！"溃不成军。从而被一举击退，"公牛血"一名便由此而来。

▼品酒

埃盖尔市郊的"丽人谷"是品尝公牛血酒和其他红、白葡萄酒最有情调的地方之一。

在匈牙利有一种闻名欧洲的葡萄酒——托考伊葡萄酒。1562 年，教皇乌斯特四世品尝了这种酒，醇美的酒味使教皇迷恋不已，自此托考伊葡萄酒的名声便不胫而走。

据传说，有一年秋天，由于土耳其士兵的大肆抢掠，耽误了葡萄采摘时节。在和煦的秋阳里葡萄开始干瘪。后来人们把这些开始干瘪葡萄榨出的汁兑入业已开始发酵的葡萄汁中，就这样酿出了第一批称之为"奥苏"的葡萄酒，受到人们的普遍欢迎，这种酿造托考伊葡萄酒的办法就这样推广开来。

许多中国人都知道法国的葡萄酒，其实匈牙利的葡萄酒一点也不比法国的葡萄酒逊色。个中原因，正如巴黎之与布达佩斯，法国的勃根地、波尔多之与匈牙利的托考伊、威拉尼，只是我们不知道而已。

不远处，木房子里吱吱嘎嘎，泻出如乐音的滴答声，是身着民族服装的老大爷在用传统的工艺酿酒。当我们走近的时候，他微笑着向我们致意，我们要求他为我们演示古老的酿酒方法，在木头挤压葡萄汁所发出的吱嘎吱嘎的响声里，想起了些什么吗？对，那个意大利的教士，在他的《四季》套曲中不是有"秋天的狩猎"一段吗？——老式马车走过田间的小路，将满载的葡萄倒进一个非常大的木质的容器中，容器上边用木盖盖住，将葡萄汁榨出，奏出如鸣泉的乐音……

匈牙利南部

Southern Hungary

感受南欧的阳光

天空干干净净的，在温和的日光中，一切都像透明的，城市的建筑，花团锦簇似的东一块西一块在阳光里荡漾着。

如果要我选择最喜欢的城市，那么便是匈牙利南部城市佩奇了。

喜欢这里的阳光，由于喜欢这里的阳光便喜欢上了这个城市。这可不是简单的爱屋及乌，这座城市确有让人喜爱之处。

在我以为，佩奇可以说是匈牙利最亮丽而明媚的城市。亮丽的房屋、亮丽的街道，甚至在阳光不很充足的日子里，这里也都是亮丽的。漫走其中，似乎亮丽的不完全是街道、城市，连心灵也会变成亮丽的。单凭这一点，难道不可爱吗？

佩奇又不单是明媚的，在城市内的广场走走就知道。城市的核心，是塞切尼广场，广场的中央，是土耳其人在1550年以前建的清真寺。它不仅在整体上，而且在许多细节上都保留了土耳其年代的原貌，可现在这里却是天主教的教堂。天主教的教堂而盖以伊斯兰清真寺的面貌，这在其他地区是不多见的。而位于圣·伊士特万广场的新罗马式的大教堂则是佩奇最主要的标志。是1891年建的。大教堂的内装潢显示出梦幻般的错彩镂金与极其丰富的罗马时代的面貌。铁制的栅门打造成葡萄缠绕的造型，是我看到的最漂亮的教堂的栅门。

步行街的街边，一个拉手风琴的青年，我们判断他可能来自东欧，是从他的琴声中知道的：悠扬而充满浪漫的情怀中总是散发着挥之不去的淡淡的忧愁。一行人七嘴八舌地说着，以为如果在中国，便是一个水准很高的演奏者。只是不知到了这里，怎么竟成了这个样子，大约也是缘了那所谓"淡淡的忧愁的缘故"。淡淡的忧愁，是最能勾起人无尽遐想的，我颇有些感喟了。

在佩奇市内游览。除了参观著名的大教堂、古罗马遗迹、土耳其教堂、中心广场，我们夫妇又去了若尔瑙依瓷器厂和瓷器博物馆。

若尔瑙依瓷器在匈牙利的地位仅次于海蓝德瓷器，品质极佳，而且造型优美，手绘图案独特。博物馆里的每一件展品都让我爱不释手，你看那树干旁的鲜花和蘑菇，树叶上的青蛇和蜥蜴，鲜活亮丽，栩栩如生。磁画中的人物和风景，形象自然逼真，远看分不出是油画还是磁画。各种器皿和艺术造型都让人感到一

▼佩奇市土耳其教堂

种与我们不同的设计理念和艺术构思。

我很喜欢瓷器，曾经学着在瓷器上画画，但是在国外参观瓷器，总让人有一种说不出的滋味，是赞叹中国瓷器在异域的传播和发展，还是遗憾中国瓷器在世界瓷器领先地位中的跌落，那分喜和那分忧，总是在心头磕磕绊绊。

从佩奇往东走，我们来到西克罗什古城堡。

阳光灿烂，风和日丽，让人感到心情格外清爽。

十分凑巧，城堡内正在举行少先队活动，我的兴趣马上来了。少先队员们都带着绿领巾和蓝领巾，先是围起圆圈跳集体舞，又上台表演节目，有朗诵、有唱歌、有乐器演奏，好像和我们差不多，不同的只是说匈牙利语和戴绿领巾。我心里猜想，过去他们一定也是戴红领巾，随着国家体制的变革，领巾的颜色也发生了变化吧。

离开古城堡，我们坐马车去参加葡萄节的采摘活动。马车夫身穿古代骑士服装，彬彬有礼地扶我们上车。马车队时而慢行，时而小跑，穿过小镇，来到一个葡萄园。一下车，主人就在门口迎接大家，一位老伙计拉着手风琴唱着歌和大家打招呼，那分欢乐和热情马上感染了每一个人。

主人带着大家进入酒窖，向我们介绍匈牙利著名维拉尼葡萄酒的酿制过程，和大木桶里装着的不同年份的葡萄酒。按照到酒厂参观的惯例，请大家当场品尝了五种葡萄酒。接着是摘葡萄，不过地头的帐篷里也摆了很多葡萄

▼著名歌唱家表演

酒，休息的时候大家一边喝酒一边唱着跳着，像孩子似的开心快乐。一会儿，主人又请大家到一个大棚子里吃水果喝酒，连着上了6种不同的葡萄酒。天啊，此时我才明白，葡萄节就是喝葡萄酒节，一杯一杯玫瑰色晶莹透明的琼浆玉液，早就把每个人都搞得面色绯红，晕晕乎乎的了。

拉手风琴的老伙计一直在为大家唱歌，一首接一首，声音洪亮，慷慨激昂，很有点匈牙利人的强悍和豪爽，而且欢迎大家点歌，似乎哪个国家的歌他都会唱上一两首，大家的掌声和叫好声震荡着整个大棚。

"来一首中国歌。"我们喊道。一首"茉莉花"的优美旋律马上飞出了琴键。

异国他乡闻乡曲，酒不醉人人自醉。

我好像真的睡着了，还做了一个玫瑰色的梦。

接下来就是佩奇南面的豪尔卡尼温泉了。

豪尔卡尼温泉占地面积很大，是个很现代化的温泉疗养中心，有三个室外温泉池，还有五个大小不等的室内温泉池，可以做各种保健治疗。据经理介绍，很多泡温泉的人喜欢在冬季下大雪的时候来，先在温泉里泡一会儿，再到雪地里打个滚，再泡，再滚，反复多次，觉得很刺激很舒服，建议我们也可以试一试。我在心里想象着：绿色的松树，白色的雪，热气腾腾的泉水，人在雪里打滚，嗨！那个景色一定很美，但是让我如法去做，还真有点下不了决心。不过，要是把中国的中医按摩推拿针灸介绍到这里来，一定会起到更好的治疗保健作用，受到人们的欢迎。

塞盖德的阳光不如佩奇的亮丽。

▼街头雕塑

塞盖德给人们印象最深的，是它那美味的鱼汤，浓浓的，用蒂萨河里的鱼慢慢熬制而成。塞盖德也是匈牙利人的发源地之一，896年，从东方而来的马扎尔民族先迁移到了这里，又由这里一路北上的。流经这里的河流不是蓝色的多瑙河，而是绿色的蒂萨河。

但塞盖德之于我，便是使我想到塞盖德还愿教堂正面广场连

▼街头雕塑

环拱廊上的自鸣钟，而一想到塞盖德的这个自鸣钟，就又不能不使我想到捷克布拉格的自鸣钟，可一提到布拉格的自鸣钟，我的气就不打一处来。

去布拉格，对于我而言是一次不可多得的旅行，由于时间很紧，不能慢慢穿行于古老的街道，在街边的露天酒吧品味啤酒的醇香，细细体味这散发着冷峻气味的老城的妙处，抑或远足去拜谒德沃夏克和斯美塔那的故居。我只想也只能在伏尔塔瓦河畔留一张影，权当纪念，也算是和这座老城与大师有过一次"亲密接触"。其实来布拉格我只有两个愿望，因为这两个愿望是我于此次能够实现的：与伏尔塔瓦河合一张影；去参观卡夫卡故居。

我们的车就停在河边。

一下车，我就向河边走去。

为我们做导游的是使馆的人员，他建议我们先去看自鸣钟，理由是由于天快黑了，自鸣钟在正点报时，届时我们可以看见它精美独到的设计与制作工艺。这设计是200年前的杰作，也是布拉格城内重要的景观之一，我们现在赶过去还来得及。于是一行人便向自鸣钟方向开拔，一会儿便没了踪影。我由于为别人拍了两张照片而没能跟上同伴。妻子将我骂了一顿不说，还罚我去问路，我不好再提拍照的事，一边哄着妻子，一边硬着头皮去问路。捷克语咱不会，德语吧，由于多年不说，一时竟无从下嘴。只能用英语问，许多捷克人只会说德语，好不容易问到一个会讲英语的捷克人，于是我问他自鸣钟在哪里，他愣了一下，我想："看来那个东西不叫自鸣钟。"继而他指着路边卖的明信片和照片上的图像问我是不是要去这个地方，其实我怎么会知道呢？但也只能说："也许是。"他笑了，为我们指清了路线。等我们赶到那里时，看到同伴们都等在那里，眼巴巴地等着正点时刻的到来，而时间还差一刻钟呢。等完了事，天色已然黑了下来，照片的事也就只能作罢了。

塞盖德的自鸣钟，我以为比布拉格的那个要好。不仅报时的声音大，而且比布拉格的自鸣钟更具观赏性。当然，如果就建造时间而言，塞盖德的自鸣钟比布拉格的自鸣钟要晚100年。所以，在"布拉格自鸣钟"事件过后，我不无愤懑地说："早知道是这样一个钟，不看也罢，比塞盖德的那个差远了。"

发现这个钟，也是一个偶然的原因。当时我正在还愿教堂的广场上拍照，这时我身后传来了小鸟的鸣叫和铃铃铃的声音，出于好奇，回头一找，在中世纪英国砖结构建筑风格的连环拱廊的高墙上，正探出一个个的小人，随着钟声，鱼贯而出，还有小动物，被设计成一个个有意思的小情节，相信你一定会为这些小情节所吸引，从而赞叹设计者的聪明才智和制作者的精湛技艺。不过，由于这个自鸣钟也是正点报时，所以提醒到此观光的你，可千万不要光为等着看自鸣钟报时，而错过了观看塞盖德的其他景观，和塞盖德的其他景观相比，自鸣钟实在是微不足道的。

在步行街北侧的尽头处，有一个面包房，临街的橱窗十分有趣，简直就是面包房厨房的电动玩具模型。忙忙碌碌的男男女女有的和面，有的擀面，而有的却躲在一旁偷懒，心安理得地睡着大觉。最有趣的是一只小老鼠坐在旁边偷偷地大嚼面包，让人看了忍俊不禁，连说好玩。

▼塞盖德市大教堂

匈牙利西部

Western Hungary

不曾出现在大师传记中的情人庄园

如果你问我：对匈牙利最有兴趣的地方是哪儿？

从布达佩斯上 M7 号公路西行约 30 公里，有一个不很起眼的小镇，如果不加注意，很可能错过公路上的路标——懋尔通瓦沙尔。

▼国家植物研究所的庄园宅邸

我的答案便是这里。

这里有布隆斯维克家族的庄园。

在秋天一个周末的早晨，驱车从公路上下来，走了一段小路，路旁闪出了树林掩映的教堂尖顶的一角，是这里了——布隆斯维克庄园。只是由于时候尚早，还没有开门。但也许因为我们崇仰大师的缘故吧。我们清早动身从外地赶到这里便是一个明证，看门人特许我们进去。

谢了看门人，我们一行进入了庄园，园内看不到一个人，早晨的雾气没有尽散，些许的弥漫在庄园原本是沼泽的水面上。仿佛为我们揭示着大师曾在这里所发生的一切：

"谁都不能比布隆斯维克一家给他的友谊更纯洁，更忠实，更亲切，无论'不朽的恋人'之谜的答案是什么，布隆斯维克的名字将永远跟贝多芬的名字连在一起，贝多芬已经把他们的名字题上他最好的两首作品。布隆斯维克三姊妹和兄弟争相向他表示好感和尊敬，其中两姊妹爱过他，也得到过他的爱，她们都是不平凡的人，是那个时代最高贵可爱的灵魂。"

——罗曼·罗兰

▼贝多芬雕像

弗兰茨·布隆斯维克有"音乐伯爵"的雅号，与贝多芬是好友，贝多芬曾于1800年、1806年和1809年，三次应邀来到懋尔通瓦沙尔的布隆斯维克庄园小住。贝多芬的《热情奏鸣曲》就是献给他的。

熟悉贝多芬生平或读过《贝多芬传》的人想必对朱丽叶塔·贵查尔第与约瑟芬·布隆斯维克这两个名字不会陌生。在这位音乐大师的罗曼史中，这两位最为人们所熟知的女子，都与布隆斯维克家族有关。哦，差一点忘了，还有忒蕾泽·布隆斯维克。

"如轻舟荡漾在月夜的瑞士琉森湖上"的《月光奏鸣曲》就是为朱丽叶塔·贵查尔第谱写的。虽然《月光奏鸣曲》的题名上写着：奉献给朱丽叶塔·贵查尔第，可是据说贝多芬最初想写给

▼贝多芬博物馆一角

　　布隆斯维得庄园坐落于懋尔通瓦沙尔小镇上，因贝多芬而闻名。贝多芬曾三次应主人之邀到庄园做客，期间先后与年轻美丽的朱丽叶塔和朱丽叶塔的表姐——少妇约瑟芬陷入热恋，并为她们写作了《月光奏鸣曲》和《献给遥远的爱人》。布隆斯维科庄园现已改为国家植物研究所，但仍保留有"贝多芬纪念馆"。展品中最珍贵的是贝多芬写给约瑟芬的14封情书。

她的并不是这首曲子，而是一首充满爱意的回旋曲。但是因为贵客的到访加上政治与现实原因，贝多芬不得不将这首回旋曲送给了李希诺夫斯基伯爵的女儿。事后，才又另写了一首奏鸣曲送给朱丽叶塔。最初的名字也不是《月光奏鸣曲》而题为《幻想曲式的奏鸣曲》。"月光"的名称则是后来才有的。

贝多芬有六阕《献给遥远的爱人》的歌。是写给约瑟芬的。约瑟芬曾把自己的肖像赠给贝多芬，写着："给稀有的天才、伟大的艺术家、善良的人。"贝多芬晚年，经常抱着这幅肖像痛哭与自言自语。1821年，约瑟芬病逝，人们在清理她的遗物时，发现了贝多芬写给她的14封情书。1827年，贝多芬亦抑郁而终。

有的文章将贝多芬与约瑟芬的爱情写成是与忒蕾泽的。忒蕾泽虽贵为玛利亚·忒蕾莎女王的教女，却终身未嫁。她是匈牙利妇女教育和幼儿教育的首倡者。1861年去世后，葬在庄园教堂的墓室。但是贝多芬的《致艾丽丝》据有的人考证即是献给忒蕾泽的，不知是否属实。

为了纪念贝多芬在这里发生的一切，尽管布隆斯维克庄园现在是匈牙利科学院农业研究所，但仍然辟出一所贝多芬纪念馆。里面有很多与贝多芬有关的珍品，其中有贝多芬使用过的钢琴、贝多芬的头发和贝多芬3岁时他母亲送给他的一个漂亮盒子，上面有贝多芬3岁时的画像。最珍贵的当然是贝多芬写给约瑟芬的14封情书，那挚热的爱，至今仍感染着每一个参观者。在仍有着40公顷的花园里，还矗立着堡斯窦尔·亚诺士雕刻的贝多芬塑像。这里每年的夏天，傍晚的时候经常举行贝多芬音乐演奏会，《月光奏鸣曲》和《献给遥远的爱人》是必演曲目之一。

庄园的别墅与水之间是开阔的空地，有很好的视野，而水是曲折的，水中有一个小岛，一眼望去，为树木所遮挡，不能全现，若要看透，需在空地上换个位置；另一边与这边全然不同，那便是蓊郁的树木或说是树林，这就有了一个对比：这边是疏朗的，那边便是稠密的；那边是突兀的，这边便是平缓的。沿着水边一路走去，两旁的色彩在不断地变换着。这几天秋风来得格外的料

贝多芬雕像

▼庄园景色

哨，两旁的葱绿变染了斑斑驳驳红、黄的颜色：浅绿、深绿、浓绿、黄绿、浅黄、深黄、橘黄、枯黄、橘红乃至枯萎了的棕色。一如一个调色的画板，一经调色的妙手，便怕是连点彩的高手毕沙罗都无法企及的呢。景色也由水边的草地，变成了树林，其实道路本身并没有变化，然而于我们的心神，却有由恬然雅畅变而为严峻深邃，不复田园之感。

我们一路走着。

前边现出了一座木桥，将这边与岛连结起来。走进岛去，依旧是曲折的小路，贝多芬的雕像？啊，是了，这里就是举行音乐会的地方。夏天，傍晚时候，琴声满载着大师的爱恋与忧愁弥漫在水面，划过庄园上天空的时候，三三两两走来的是来听音乐会的人们，恋人在庄园的草地或是什么角落里说着情话，玩耍的孩子，散步的老人。

"Life has become richer by the love that has been lost"诗人这样说。

Western Hungary

白色的城

　　从布达佩斯沿 M7 号公路向西南方向 50 公里，过了韦伦采湖行不多远就是塞克什白城。白城是最初的名字，塞克什是后加

◀街头雕像

▼白城市中心

的，意为国王驻跸的地方，18世纪以后的匈牙利地图中才出现塞克什白城的地名。

在多瑙河以西的大城市中，塞克什白城是一座完全由匈牙利人建立起来的城市，最近的古罗马遗址，离城也有10公里之遥。896年，阿尔巴德率领七个部落的马扎尔人进入喀尔巴阡盆地后，即看中了这块依山近水的肥沃之地。970年继任的盖左大公，开始建城。盖左的儿子伊士特万虽然喜欢埃斯泰尔戈姆，但并没有疏远白城。977年即位后，立即兴建了一所御用教堂，专为国王加冕和埋葬之用。教堂的正式名称与后来建在布达的加冕教堂一样，称为"圣母玛利亚教堂"。塞克什白城的地方史专家认为，1001年元旦伊士特万就是在这所教堂内，由埃斯泰尔戈姆的大主教主持加冕成为匈牙利国王的。埃士泰尔戈姆的普罗托玛尔蒂尔教堂与塞克什白城的加冕教堂，哪一个是匈牙利第一教堂；伊士特万究竟是在埃斯泰尔戈姆加冕为王，还是在塞克什白城加冕为王，至今仍是两个城市争执的话题。

历史上，塞克什白城与埃斯泰尔戈姆是同样重要的两座城市。埃斯泰尔戈姆等于是首都和大主教所在地，塞克什白城则是国王的驻跸地，不同的是，前者为正式的行政中心，后者则是纯粹的王城，是国王自家的地方。在某种程度上，塞克什白城的作用甚至超过埃斯泰尔戈姆，因为国王的珍宝（实际等于国库）和国家档案都保存在这里，而且很多重要的历史事件都发生在这里。

然而令人惋惜的是，影响了匈牙利500年历史的这座重要王城，除了小小的圣安娜教堂之外，其他均被土耳其人完全毁灭了，以至于今天我们所能看到的只有庞大的废墟和之后建的教会建筑。尽管如此，在我们参观了解这座城市时，它那印在断垣残壁上的文化，依然吸引着无数的旅游者。

匈牙利的"海"

　　巴拉顿湖是中欧最大的淡水湖。位于多瑙河以西地区，距布达佩斯最近处仅100公里，被称为"匈牙利海"。湖全长78公里，宽2.5—12.5公里，湖面面积598平方公里，平均水深3－4米，最深处达12米。湖区多疗养地和休假所，被辟为国家公园。作为旅游胜地，这里每年接待外国游客数千万人，素有"不游巴拉顿湖没到匈牙利"之说。

▼轮渡

去巴拉顿，是到匈牙利之后不久的事情。

那是炎热的一天，坐在车上的我已全然没有了兴致，只一味地想睡去。当车到达了目的地，进入了下榻的旅馆，这种昏昏沉沉的状态依然没有改变。就在我和妻子走进我们预先定好的房间的一瞬，一丝清凉使我一下从无精打采的状态中回转过来。一间不大的房间，有着淡蓝的色泽，使人一望便产生优雅而宁静的感觉，舒适而温馨，使倦热已久的人一进来便如踏入了一个轻柔的梦，笼着些许的睡意，静谧而深沉的。

下得楼来，走到街上，由于是中午时分，人并不多。街上很静，向前不远就是素有"匈牙利之海"称号的巴拉顿湖了。

匈牙利给我的印象大抵是祥和的，生活节奏不是很快，却充满着韵律。到巴拉顿度假，便可以说是这种生活韵律的一种具体体现。刚到这里不久的我，也体会并感染到了这种韵律。

西下的夕阳，将水面映照得五彩绚烂。一道道水波之间，映出一片朦胧的暮霭，随着水波的荡漾，又起缕缕的清漪，如敷了凝脂一般，看起来滑而不腻。

妻与子已经融入这如火的夕阳中了，远远地只能望见他们在水中嬉戏的剪影。对岸一带青山，在夕红的映衬下，格外葱郁。"青山依旧在，几度夕阳红"，大概如此了吧。

那漾着的水波是恬静的、委婉的、亮丽的，使我一面有水阔天空之想，一面又憧憬着诗情画意之境了。映入眼帘的是面前一位穿着比基尼泳装的妙龄女子，有着靓丽的身材，咔咔笑着，和同伴打闹着步入水中。由于是背对着我，使我益发细致地注意到：她的泳裤不仅很短小，而且在臀部的部位几乎细成了一条线。夕阳是逆着照过来的，这对于我的瞳仁来说，无疑成了一张水准很高的逆光摄影照片。因为想象与渴慕的做美，竟简直成了一种诱惑，成了一个轮廓，一个曲线优美的影，溅上了夕阳金黄的

▼湖中天鹅游嬉

▼湖边美景

粉末，还有亮绿色的泳衣，宛如在梦中，缘了"东方"的原故，我颇有些怅然了。"美是很美了！"我这样想着。

等到上了灯火，白天明亮的色彩就变为沉郁的了，黯淡的水天，像梦样的，天上的星星，混杂了湖边远远近近间或闪烁的灯火的光芒，就是梦的眼睛了。巴拉顿的夜是宁静的，静得让人似乎忘记了就是在这里，白天淡蓝的水中聚集了无数身着五颜六色泳衣的人们，油绿的草坪上也或坐或卧地挤满了享受阳光的人。现在，白日的一切都已褪去，只留下一片宁静与遐想。坐在岸边，我们感到的只是薄薄的夜，这正是巴拉顿的夜，隐隐约约、断断续续的迪斯科的乐声从湖上游船里飘来，使人有少年的、不拘的感觉，也正可快我的意。妻将头倚在我的肩上，我们默然地坐着，静听着湖水与湖岸汩汩的密语，几乎就要入睡了，朦胧里却总觉更有滋味。这实在是因为某种不能自己的原因，一经颓弛下来，便如痴般不能自主了。

顺着湖边一路走去不远，是什欧佛克的夜市。

什欧佛克的夜晚，较之湖边，似乎来得更为浓重热闹。不宽的街道上，满是卖东西的商店，街上来往的大多是到这里度假的德国人。往来的人中间不时有人向我们投来一瞥，或许是我的所

天鹅

谓"本位主义"太过强烈。这一瞥，才使我意识到：在这里我们才是"外国人"，我们原本是与他们不相同的。街边有随处可见的露天啤酒场所，作为一种文化，这也是欧洲一个共有的特色。只要想，随便找一处，坐下慢慢品尝，感受一种闲散，一种情调，或说一种情怀；只是如果坐在这里，是会和坐在欧洲其他随便哪里的露天或布达佩斯大街上喝啤酒的情形不同的：不必说这里有艳丽的舞女扭着腰肢，露天广场轻拨吉它弹唱着的圆润的喉咙，单是不远处的巴拉顿湖确已腻人。湖上的水气藉了夜色，益发高涨了起来，使夜市远近杂然的灯光纷然而有晕，远远望去，什欧佛克便笼上了一层柔曼的雾色，宛如一个温存的恋人，将什欧佛克拥在胸前，却又如这温存恋人的一个轻轻的吻，而当我们张开双臂去拥抱或触摸她时，她却又如轻烟、如薄雾般倏地消散了。这其中不乏灯影的闪烁，朦胧之中又孕育着一种律动的节奏，好似荷兰画家蒙得里安的名作。

怎样选择交通工具

布达佩斯的对外交通非常发达，飞机、火车和轮船都可通达。对于中国人来说，如果你从北京出发，有匈牙利航空公司（MALEV）的直通航班。若从上海出发，可在北京换乘匈航。若从香港或台北出发，有匈航经曼谷去布达佩斯的航班，也可乘坐欧洲其他航空公司的航班，先飞至巴黎、伦敦、阿姆斯特丹、苏黎士、法兰克福、维也纳等地，再转飞布达佩斯。若从欧洲其他大城市飞布达佩斯，更是方便，欧洲各国首都几乎都有至布达佩斯的航班。

乘火车从中国经俄罗斯和乌克兰也可到达布达佩斯，但费时甚多，不舒适。在欧洲居住或学习的中国人或留学生，倒可以乘坐火车去布达佩斯，一是价格便宜，二是从西欧去布达佩斯的火车车厢内都很舒适。水上路线，主要是维也纳经布拉迪斯拉发到布达佩斯的班轮，旅游季节，每日都有船行。

如果坐飞机去布达佩斯，最好选择匈航航班，因为机上有中文服务，而且是直飞不用换机省去很多麻烦。匈牙利时间比北京晚7个小时，夏季实行夏令时，时差为6个小时。

无论如何我得承认：黄昏的昏黄，尤其是夜幕灯光下的影彩是最能勾人的东西，不是吗？从不能明了中映出朦胧的轮廓引诱人们的力量，也便在此了。

我们离去的时候夜已很深了，车的后挡风玻璃反射了几下街灯的光芒之后，消失在了巴拉顿的夜色里。

"东方须臾高知之"。

维斯普雷姆在匈牙利人的心目中一直是王后们的都市，她们都曾在这里加冕，死后被葬在这里。

这种光荣的传统可以一直追溯到11世纪，这一地区几百年来几乎都是大公、后来则是皇亲国戚们的

▼维斯普雷姆城市街景

财产，其中心就是维斯普雷姆市。这里有国王和王后的行宫，国王与王后在圣诞节和复活节时都要在维斯普雷姆市度过。

现在城堡区的大部分建筑大都建于18世纪，是一座非常精致的小城。

虽然现在差不多整个湖区都是热闹的。

但过去在巴拉顿湖滨及周围，只有在巴拉顿费莱德周围才有热闹的生活。

当我在湖边漫步，走到一株枝叶繁茂的大树下，使我惊诧于在树下的那尊青铜半身雕像竟然是印度诗人泰戈尔。原来诗人曾一度在此处疗养。塑像后那株枝叶繁茂的大树是当年诗人亲手栽种下的，塑像旁边立有一块不大的纪念碑，上面刻有诗人留在此地的诗句：

When I am no longer
on this earth, my tree,
Leth the ever—renewed

leaves of thy spring
Murmur to the wayfahere
The poet did love while he lived.

1926.11.8.

　　找不懂翻译，英文也不好，诗人用的又是古英语，加之还是诗句。但似乎诗人要表达的于我还是懂得的，只是无法准确地用语言表达出来，意思大约是这样的：

　　当我不在这个世界上的时候，我的树，
　　每每你的枝叶复苏你的春天来临时，
　　向旅人悉籁低语
　　"诗人曾亲证过爱"

　　诗人啊，你难道怕你曾经爱过的世界将你遗忘么？抑或是因自身的迟暮而对这和煦旖旎的风光有所眷顾？

　　饶恕我，未来的一世纪的姑娘，
　　如果在我的自傲中，
　　我幻画出你在读我的诗，
　　月亮同时也用沉默的细雨洒满我的诗句的空隙。
　　我似乎感觉到你心的跳动，也听到你的低吟，
　　"如果他今天还活着而且我们遇到了，他会爱我的。"
　　我知道你对自己说，
　　"让我只在今夜在我的凉台上为他点上一盏灯吧，虽然我晓得他永远不会来。"

　　这是诗人的诗，还是把它还给诗人吧。

▼ 商店

水城

开着车在陶陶的市中心，却怎么也找不到要找的那个湖。

于是只得下车，问了路人，原来我们要找的那个湖，就在我们的身边——只有 200 米。

陶陶可以说是布达佩斯西边最美的城市之一了。美在哪里？美在水。陶陶有"水城"之称。

蜿蜒清澈的阿尔道尔河，由南向北流经陶陶，甩下了一连串大大小小的湖泊。

陶陶的湖泊，大大小小有十几处之多，最有名的是老人湖和切凯湖。老人湖最大，也就是我们要找的那个湖，面积达 219 公顷，占了城市的一大半。

▲ 圣·伊士特万国王和王后雕像

切凯湖虽小，却不是最小，湖畔风光旖旎迷人。这里对于我是最有吸引力的，就是湖畔的英国公园了，是一组建于 18 世纪充满浪漫主义风格的娱乐建筑，富于神话般的幻想。今天虽然已是不完全的残址，其诡异仍然令人赞叹不已。遍游 46 公顷的英国公园可以说是陶陶最迷人的地方，且不说湖外有湖，溪外有溪，仅一座怪异的水城，就让我们流连了半天。

只可惜我没有带相机，没能在此处留下一张照片，倒是一件非常遗憾的事情。

好在中国有"看景不如听景"的说法，缘于此，也就不再多写，姑且多留一些"过屠门而大嚼"的"快意"好了。

陶陶老人湖

怎样办理来匈手续

根据前社会主义时期的一项协议，匈牙利对持公务护照的中国出国人员免予签证，这为持公务护照的出国人员带来方便。当你在第一目的国办理完公务后，在等飞机回国的几天时间里，可以安排去布达佩斯一游，欧洲各大机场都有到布达佩斯的航班。如果你恰好在奥地利，乘火车约3个小时就可抵达布达佩斯。这里的公务护照是指俗称的"大公务"，不是"因公普通护照"。当然，对于持"红皮护照"（外交护照）的官员，就更是免签证了。持"因公普通护照"与持"因私普通护照"者来匈需要签证。应事先联系好在匈单位或其他关系，给予协助。已持有西欧国家居留身份的中国人，可到所在国的匈牙利使馆办理旅游签证，一般都能批准。匈牙利尚未加入"申根条约国"，因此持有"申根条约国"签证的中国人，仍需办理匈牙利签证。

匈牙利现行签证政策（2001年）

1. 根据1993年第LXXXVI 号匈牙利法规，外国人进入、居住及移民到匈牙利的一般条件是：

● 到匈牙利共和国旅行前，持有个人护照或公务护照的中国公民需获得匈牙利入境签证。但需注意签证仅是一种承诺，进入或离开匈牙利时，旅客仍需满足所有必需要求。

● 签证申请应由个人递交，家庭直系成员可以代表其他家庭成员递交签证申请。

● 签证申请必须随同填好的签证申请表提交，同时还必须填写一份出入境表格。申请一次入境、过境或多次入境签证时，必须给它们附上三张护照上尺寸大小的照片。而当申请两次入境签证时必须附上五张这样的照片。使馆只接受那些经正确填写并由申请人签名的申请表。

● 申请签证的个人护照有效期，至少应在签证到期后6个月内仍然有效。

● 单次、两次、过境签证通常有效期为6个月，而多次签证有效期为12个月。

● 短期入境签证允许外国人在匈牙利居住达90天，请注意持短期签证的人不允许在匈牙利申请长期居留证。外国人如想申请长期居留必须在入境前获得长期入境签证，持长期入境签证的人可以在入境后15天内办理长期居留申请手续。持过境签证的外国人允许在匈国停留48小时。

● 外国人必须视其来访目的申请签证，不允许在匈国居留期间随意更改。外国人如想改变他们在匈国的地位必须返回其永久居住或常期居住国，然后申请适当类型的签证。

● 个人护照持有人的签证申请处理时间至少为10个工作日。

● 获得批准后，凭经确认的有效回程机票签发签证。

● 如遇拒签，只有在情形变化后才能再次申请签证。

2. 持个人护照的中国公民递交签证申请步骤

● 申请人应将签证申请邮寄到大使馆，生活或居住在北京的申请人可将签证申请放在封口信封里塞到使馆门前的信箱内。

●必须准确、完整地填写签证申请表，每份签证申请表应随附三张照片（4cmX4cm），以及一个贴足邮票并写明申请人地址的信封。

●申请人应随附一份个人护照复印件，所有支持签证申请的原始文件及各一份复印件。要求申请人在签证申请表最后一页上写明他们工作地点的准确名称和地址，如果以前申请过匈牙利签证，还要提供参考号。使馆将给提交了正确申请的申请人通过信件安排约见，要求申请人在指定时间到使馆面试。

●请注意，使馆仅邀请那些满足以上要求的申请人来面试，申请人来使馆时，必须带上护照和中国的身份证。

●如遇拒签，使馆将把所有原件退还申请人。

●签证申请表在除周二外的每天工作日早上8:00到9:00在使馆获取。如果申请人给使馆寄来贴足邮票并写明地址的信封，使馆还可以应申请人的要求给他们寄去申请表。

3．签证手续费

a．单次入境签证申请
　　40 美元
　　350 元人民币
b．单次过境签证申请
　　38 美元
　　330 元人民币

c．两次入境签证申请
　　75 美元
　　650 元人民币
d．两次过境签证申请
　　65 美元
　　550 元人民币
e．多次入境签证申请
　　180 美元
　　1500 元人民币
f．多次过境签证申请
　　150 美元
　　1250 元人民币
9．需要办理长期居留身份的签证申请费
　　40 美元
　　350 元人民币
h．移民签证费
　　30 美元
　　260 元人民币
i．有关在匈牙利居留或由于持有新护照，而导致对签证或照会的修改
　　15 美元
　　130 元人民币
j．申请打破顺序的程序费（加急费）
　　15 美元
　　100 元人民币
K．申诉请求
　　30 美元
　　260 元人民币

4．签证标记

① 90 天内短期逗留签证

公务签证——

H-1：为因外交身份或国际法而享受豁免权的人的旅行而签发签证，持外交或公务护照的中国公民在匈牙利免予30 天签证。

H-2：为外国和国家机关代表团的旅行签发的签证。

H-3：为被邀请参加重大国际、政治、文化事件和体育赛事的人的旅行而签发的签证。

H-4：向新闻记者签发的签证。

H-5：按国际协议或通过国际文化、教育、科学合作，或政府的教育、职业培训和科研目的援助项目而进入匈牙利的人签发的签证，此种签证还按照国际条约向在匈国经营的科学和文化机构的职员以及到这些机构执行任务的外国人签发。

个人签证——

M-1．旅游签证

特殊要求：私人预订旅馆房间的证明，集体申请时旅行社的证明。

M-2．参观签证（探亲签证）

特殊要求：由匈牙利权威警察机关签发的，由居住在匈牙利或有匈国长期居住准证的亲属、朋友或法人发出的邀请函。

M-3．商务签证

特殊要求：由匈牙利权威警察机关签发、由居住在匈国的商业伙伴发出的邀请函，展览会或国际博览会组织者发出的通知;从事国际运输公司的证明，想在匈牙利建立公司的证明。

M-4．就业签证

特殊要求：由合格的匈牙利就业机构签发的劳务准许证明。

M-5．获得收入签证（经理签证）

特殊要求:如果在匈牙利建立的公司的领导为申请人，则需要匈牙利注册法庭的决定。此种签证适用于不需要劳务准许证明或因下列目的而进入匈牙利的外国人:安装、维修、履行担保、在一所匈牙利大学任教。

M-6．学习签证

特殊要求：匈牙利一所大学的接收通知。

M-7．医疗签证

特殊要求：匈牙利一所医疗机构的证明。

M-8．过境签证

特殊要求：目的国的签证和一张有效机票。

M-9.其它签证

②办理长期居留而提前获得的签证公务签证

公务签证——

TH-1．为因外交身份或国际法而享受豁免权的人的旅行而签发的签证

TH-2．为外国或国家机关代表团的旅行签发的签证

TH-3．向新闻记者签发的签证

TH-5．向按国际协议或通过国际文化、教育、职业培训和科研目的的援助项目而进入匈牙利的人签发的签证。此种签证还按国际条约向匈国经营的科学和文化机构的职员，以及到这些机构执行任务的外国人签发。

个人签证——

TM-2．参观签证

TM-4．就业签证

TM-5．获得收入签证

TM-6．学习签证

TM-7．医疗签证

TM-9．其它签证

移民签证——

B-9．移民签证

特殊要求：移民准许

匈牙利使馆的领事馆

地址：北京三里屯东直门外大街10号

邮编：100060

电话：010-65321431　每天下午2:00～4:00

签证信息电话：65324702　传真：010-65325053

E-mail:huembpek@mail.netchina.com.cn

办公时间：周一到周五8:00～12:00

办理公证和合法化手续为周二8:00～12:00，或电话预约。

怎样换汇与购物

匈牙利的货币叫"福林"(FORINT),在匈牙利国内的各个银行里,福林与西方国家货币可相互自由兑换。美元与福林同样可自由兑换。布达佩斯的主要街道上与各大购物中心和火车站、飞机场都有货币兑换点,这些地方用美元兑换福林,比价一般较低。最好到旅行社兑换,或找当地的中国朋友,可以换得高一些,但一定要保留一些正式兑换单据。

尽管匈牙利拥有中欧最大的购物中心"西部商城",

▼ 布达佩斯国家大剧院前的雕塑

▼ 布达佩斯东火车站

旅游者还是喜欢到百年老街瓦茨步行街去购物。瓦茨街的商品虽然昂贵,却无假货。匈牙利的特产有葡萄酒、鹅肝酱、挑补绣制品(桌布、窗帘、沙发茶几罩)、木雕制品和供家庭装饰用的动物标本等。其中葡萄酒最为有名,产地以托卡依(Tokaj)、艾格尔(Eger)和鲍道绰尼(Badacsony)等地最好。托卡依山产的"奥苏"(Aszu)牌甜白葡萄酒和艾格尔出产的"公牛血"(Bikavén)牌红葡萄酒,久享盛誉,闻名全欧。葡萄酒之外,"乌尼克姆"(Unicum)药酒也很有名。选购葡萄酒,最好由有经验的当地朋友陪同,去名牌店购买。在免税店购买时,一定要索取并保留发票,购到一定数额后,出境时可在海关旁的退税点得到退税。退税时,需同时提供外币与福林的兑换单据,数额不能小于要退税的发票数额,还要提供所购买的商品。

匈牙利海关规定个人出入境可携带物品

1 台放像机

1 台便携式电视机

1 台个人手提电脑

2 架照相机、10 个胶卷或 24 个磁盘

1 台小型摄像机、10 盘空白录像带

1 台唱机、1 个 CD "随身听"、10 张碟片

1 台收音机或收录机

1 台传真机

1 辆童车

1 个旅行帐篷和相应卧具

0.25 升香水或小瓶香水

250 支烟卷或 50 支雪茄或 250 克烟丝

1 升白酒

2 升葡萄酒(烟酒只限 16 岁以上成人)

35 万福林和相当于 10 万美元,超过部分需要有银行证明(匈周边国家福林可自由兑换使用)。

有轨电车线路

码头

HEV（城郊电气化轻轨火车）主要线路

● Budapest, Batthyany tér-Szentendre

本线与2号地铁线连接，沿途经过古罗马遗址"阿奎恩库姆"抵达风光迷人的圣安德烈镇。

● Budapest, Örs vezér tere-Gödöllő

本线与2号地铁线连接，终点站哥多洛镇有"国王行宫"。

● Budapest, Örs vezér tere-Csömör

本线与2号地铁线连接。

● Budapest, Közvágóhíd-Ráckeve

本线与2路有轨电车连接，并通过2路有轨电车与2号地铁线连接。终点站附近是切佩尔岛上著名的钓鱼区，并有萨沃约依庄园等名胜。

● Budapest, boráros tér-Cseper

本线通往切佩尔岛北部工业区。

责任编辑：高　瑞　刘姗姗
责任印制：闫立中

图书在版编目(CIP)数据

多瑙河上的明珠－匈牙利／李加里等摄；李加里主编；陈建欣，徐艺航撰．－北京：中国旅游出版社，2005.1
　（玩转地球）
　ISBN 7－5032－2558－0

　Ⅰ．多...　Ⅱ.①李...②陈...③徐...　Ⅲ.旅游指南－匈牙利
Ⅳ．K951.59

　中国版本图书馆 CIP 数据核字 (2005) 第 002537 号

书　　名：多瑙河上的明珠——匈牙利

主　　编：李加里
撰　　文：陈建欣　徐艺航
摄　　影：李加里　梁才德
出版发行：中国旅游出版社
　　　　　(北京建国门内大街甲 9 号　邮编：100005)
　　　　　http://www.cttp.net.cn
　　　　　E-mail:cttp@cnta.gov.cn
制　　版：北京中文天地文化艺术有限公司
经　　销：新华书店北京发行所
印　　刷：北京顺诚彩色印刷有限公司
版　　次：2005 年 1 月第 1 版　2005 年 1 月第 1 次印刷
开　　本：889 毫米×1194 毫米　1/24
印　　张：5.5
印　　数：1～5000 册
定　　价：32.00 元